Jetzt reiten wir Reining

Diana Herwig

Jetzt reiten wir Reining

Roman

Bibliografische Information der Deutschen Nationalbibliothek
Die Deutsche Nationalbibliothek verzeichnet diese Publikation in der Deutschen Nationalbibliografie; detaillierte bibliografische Daten sind im Internet über www.dnb.de abrufbar.

© 2013 Diana Herwig
Titelfoto von Bettina Wockenfuß
Bearbeitung Titelfoto durch Astrid Lamm
Foto Rückseite von Oliver Jobes
Umschlaggestaltung: Diana Herwig
Lektorat: Media-Agentur G. Hoffmann und C. Herwig
Herstellung und Verlag: BoD - Books on Demand, Norderstedt

ISBN: 9783732239436

Kapitel 1: Die Wette

Familienfeiern sind eine großartige Gelegenheit, um kleine Sticheleien auszutauschen, Beziehungen auf die Probe zu stellen und neiderzeugende Neuigkeiten zu streuen. Gratis erhält man Stoff für tagelange Lästereien. Außerdem wird man mindestens für eine Woche mit Kalorien versorgt und hat hinterher das befriedigende Gefühl, dass Blut eben doch dicker als Wasser ist. Zumindest bei meiner Familie ist das so. Wir Bertanis sind eine große Familie mit vielen Kindern und lauten Festen, einfache Leute, die sich streiten wie die Kesselflicker und sich hinterher hollywoodmäßig wieder vertragen. Dies haben wir unserem italienischen Blut zu verdanken, welches immer noch – wenn auch nach mehreren Generationen sehr verdünnt – durch unsere Adern fließt.
Die Feste in Franks Familie sind dagegen ruhig, gediegen und irgendwie langweilig. Man kleidet sich elegant, die Atmosphäre ist steif; gestritten wird nie, höchstens mal kühl mit dem Mundwinkel gezuckt. Gegessen werden kleine Häppchen oder Lamm an Trüffelsauce mit drei Bohnen und einer Frühlingskartoffel, dazu Champagner. Während des Essens läuft dezente klassische Musik im Hintergrund. Jedes gesprochene Wort ist wohlüberlegt.
Am Anfang unserer Beziehung haben Frank und ich versucht, unsere Familien zusammenzubringen. Franks Familie, alter deutscher Hochadel, stocherte höchst unerfreut in den kalorienhaltigen Pastagerichten herum. Fast empört, nippten sie an

den italienischen Rotweinen und winkten dankend das Tiramisu ab. Genauso unwohl fühlten sich meine Eltern bei Franks Familie. Unsere Hochzeit erwies sich als echter Balanceakt. Seitdem ließen wir jeden Teil unserer Familie so sein, wie er eben war, und mühten uns nicht mehr als nötig, sie zusammenzubringen.
Frank, mein Göttergatte, fand sich in beiden Welten zurecht. Er schäkerte laut lachend mit meinen Tanten, während er Berge von Pasta in sich hineinschaufeln konnte und Spaß hatte. Ich dagegen langweilte mich bei den Feiern der Familie von Hohenstein beinahe zu Tode und fühlte mich deplatziert.

Frank und ich heirateten vor sechs Jahren und ich war nicht gerade die Wunschschwiegertochter. Für Frank, als zukünftigen Geschäftsführer der Marmorwerke von Hohenstein empfanden mich meine Schwiegereltern anfangs nicht als standesgemäß. Das hat sich bis heute auch nicht vollkommen geändert. Hin und wieder ließen sie mich dies spüren. Sie können nicht verstehen, dass ich immer noch an meinem Beruf festhalte, statt mich voll und ganz um Kind und Mann zu kümmern. Zum Glück habe ich jedoch bei diesem Thema stets Franks Rückendeckung und ich glaube, manchmal beneidet er mich um einen Job ohne den Einfluss seines Vaters. Oft kommt er nach Hause und hatte sich über seinem Vater, dem Seniorchef geärgert. Franks Vater führt sein Marmorwerk als Alleinherrscher, der keinen Widerspruch und keine anderen Meinungen akzeptiert. Was seit zwei

Generationen funktioniert hatte, durfte nicht geändert werden und so prallten Franks Ideen einfach ab. Frank würde erst Veränderungen realisieren können, wenn sein Vater sich aus dem Unternehmen zurückzieht, aber danach sah es noch lange nicht aus. Immerhin bescherte uns das Marmorwerk finanziell einige Freiheiten, schöne Urlaube und ein nettes Einfamilienhaus.

Heute wurde meine Oma 85; es war wieder ein lautes Fest mit viel Besuch. Ich hatte nicht meinen besten Tag erwischt und war entsprechend mies gelaunt.
„Warum bomben die Gaddafi nicht einfach aus?", schimpfte Onkel Theo.
„Er ist das Oberhaupt eines Landes. Mit welchem Recht sollten wir uns da einmischen?", gab Onkel Erik zu bedenken, legte sich ein Stück Zartbitterschokolade auf die Zunge und nippte dann genüsslich an seinem Espresso.
„Er tötet sein eigenes Volk …"
„Das tut die Bundesregierung auch, und niemand bombt die Merkel weg."
„Was tut die Bundesregierung denn?"
„Dieser mysteriöse Virus – der ist doch garantiert im Labor entstanden. Ein neuer biologischer Kampfstoff, der leider außer Kontrolle geraten ist. Das muss im Auftrag der Regierung …"
„Welcher Virus? Meinst Du dieses EHEC-Bakterium? Das ist kein Virus!"
„Siehst du, erst sollte er auf den Gurken sein, dann auf den Sprossen, und jetzt ist es nicht mal ein Virus!"
„Es war von Anfang an kein Virus!"

„Aber auf den Gurken …"
„Ja, aber kein Virus! Ein Bakterium oder ein Keim …, glaube ich …"
Während die männlichen Familienmitglieder sich solchen intelligenten Gesprächen über Politik und Gesundheitswesen ergaben, diskutierten meine Tanten die wirklich wichtigen Dinge des Lebens.
„Max hatte keine Windpocken, aber Masern und Röteln", erklärte Tante Lina gerade.
„Er hatte die Windpocken – das weiß ich noch!", erwiderte Tante Else.
„Ich werde doch wohl wissen, was mein Junge gehabt hat …"
„Hatte Julian schon die Windpocken? Sandra?"
Damit war ich gemeint. Julian war mein drei Jahre alter Sohn, der jetzt gerade von Tante Else gedrückt wurde. Ich hatte das Gefühl, ich müsste ihm zur Hilfe kommen, aber Julian wusste sich zu helfen. Er drückte sich mit Tiramisu-verschmierten Händchen von ihr ab und rief: „Nein, will nicht!"
„Hach, die weiße Bluse!", jammerte Else und ließ Julian frei.
„Äh nein, die Windpocken hatte er noch nicht, aber vor vier Wochen hatte er einen schlimmen Magen-Darm-Infekt. Zählt das auch?", antwortete ich überaus freundlich.
„Salzstangen und Cola helfen da am besten", riet Tante Lina. „Glaube mir, ich habe drei Kinder, Salzstangen und Cola helfen immer."
„Jetzt ist Cola für Dreijährige vielleicht nicht gerade das geeignete Getränk …", warf ich ein.

„Seit der Geburt meiner drei Kinder spürte ich immer schon einen Tag im voraus, wenn eines von ihnen krank wurde", verkündete Lina.
Ich fühlte mich ein wenig als Rabenmutter, weil mich Julians letzte Magen-Darm-Grippe nachts um drei völlig unerwartet überrascht hatte.
Sie fuhr mit ihrem Monolog fort: „Ich habe alle drei Kinder durch Kaiserschnitt bekommen. Es geht nicht einfacher, als mit Kaiserschnitt." Womit Tante Lina wieder bei ihren Lieblingsthemen angekommen war: Geburten, Blut und Einläufe. „Man spart sich diese stundenlangen Schmerzen, und die Kinder werden nicht so zerknautscht."
Ich sah verstohlen zu Jerome, Max und Jonas hinüber, die in einer Ecke mit ihren Nintendos spielten und dabei leicht dümmliche Gesichter machten. Bei Max und Jerome hatte bereits heftige pubertäre Akne eingesetzt.
„Ob das jetzt unbedingt viel ausgemacht hat?", rutschte mir heraus.
„Wie meinst du das?", fragte sie mich, um gleich wieder anzusetzen, „obwohl ich bei Jerome schon vierzehn Tage vor dem Termin leichte Wehen hatte, war der Mutterkuchen noch sehr gut durchblutet. Ich habe mir den nach der Geburt zeigen lassen. Sandra, hast du dir den Mutterkuchen nach der Geburt von Julian angesehen? Das ist total interessant …"
„Ähm, nein …, nachdem ich stundenlang Schmerzen ertragen hatte und nichts weiter bekommen habe, als Cola und Salzstangen, wollte ich mir nicht den Appetit auf das Abendessen verderben."

„Möchte jemand noch Tiramisu?", erkundigte sich meine Oma von der anderen Seite des langen Tisches.
„Ja, ich. Warte Oma, ich komme rüber."
Neben meiner Oma hatte Frank einen Platz gefunden; er grinste mich an. Solange mein Zynismus nicht ihn traf, konnte er darüber schmunzeln.

Neben ihm saß Elena, meine Schwester. Elena war drei Jahre jünger als ich, groß und schlank. Sie hatte wie ich haselnussbraune Haare und Augen, dennoch waren wir sehr unterschiedlich.
Seit der Geburt von Julian hatte ich nicht mehr viel Zeit für sportliche Betätigungen gehabt und zugegebenermaßen figurtechnisch etwas zugelegt. Früher war ich auch schlank und sportlich gewesen. Momentan hatte ich nur hin und wieder Zeit, Flintstone, mein Pferd, zu reiten. Man konnte halt nicht alles haben. Ich hatte lieber von allem ein bisschen. Ich war glücklich mit meinem Mann, einem wundervollen Kind, meinem Teilzeitjob als Chemikantin in dem Labor eines Pharmaunternehmens und meinem Westernpferd, mit dem ich Ruhe und Entspannung fand, wenn ich mit ihm hin und wieder durch den Wald ritt.
Elena war Perfektionistin, Single und sehr erfolgreiche Marketingspezialistin. Sie ritt ebenfalls seit frühester Kindheit, aber Westernreiten war für sie primitiv, die Pferde viel zu klein und Reiter in Jeans gehörten ihrer Meinung nach in die Prärie. Ich zählte sowieso mit meinem Quarterhorse und meinen gelegentlichen Ausritten für sie nur zu den

Wald- und Wiesenreitern. Sie trainierte in eleganter Reithose, mit weißen Gamaschen in einem schicken Reitstall und ritt Turniere. Dieses Jahr wollte sie sich nun ein eigenes Pferd kaufen – natürlich ein richtiges Turnierpferd, nicht so ein Freizeitpferd wie meines.

Sie war in allem, was sie tat, akribisch. Ob es ihr Job war, ein Hobby oder nur die Renovierung ihres Wohnzimmers. Bei mir kam die Farbe irgendwie an die Wand, sie startete dagegen mit Berechnungen über Farbdichte, Lichteinfall und Schattenwurf je nach Tageszeit. Gingen wir gemeinsam einkaufen und mir gefiel beispielsweise ein Pullover, kaufte ich ihn. Elena überlegte zunächst, zu welchen Kleidungsstücken er passen könnte, zu welchen Gelegenheiten man ihn tragen könnte und wer ähnliche Pullover besaß. Ich muss zugeben, dass Elena immer zu jeder Gelegenheit passend gekleidet war, aber wenn mir der Pullover nun mal gefiel, holte ich ihn mir einfach – notfalls müsste ich mir eben später eine passende Hose dazu kaufen.

Wie schon erwähnt, gehörten Pferde auch zu den Themen, zu denen Elena und ich komplett andere Ansichten vertraten. Es ist ja sowieso naturgemäß so, dass dazu unter hundert befragten Personen mindestens hundertzehn unterschiedliche Meinungen existieren. Pferde polarisieren eben. Selbst Menschen, die mit diesen Tieren nichts zu tun haben, stehen einem Pferd selten völlig gleichgültig gegenüber. Die eine Seite findet Pferde zu groß, unheimlich, gefährlich, und die andere Hälfte findet Pferde faszinierend, wunderschön, edel und wollte eigentlich immer mal reiten lernen, hat es aber aufgrund irgendwelcher Lebensbedingungen nie geschafft.

„Hast du dein Pferd jetzt verkauft?", fragte mich Elena, als ich mich gerade mit einer Schüssel Tiramisu neben sie fallen ließ.
Ich hatte den Eindruck, dass sie manchmal etwas sagte, nur um mich zu verletzen.
„Wieso sollte ich Flintstone verkaufen?", staunte ich, während ich mir einen Löffel des cremigen Desserts in den Mund schob.
„Du hast doch mit Julian und deinem Job gar keine Zeit mehr zum Reiten, oder?"
„Jetzt wird es endlich wieder besser. Julian geht in den Kindergarten und wird viel selbstständiger. Außerdem liebt er Flintstone; ich finde es gut, wenn Kinder mit Tieren aufwachsen. Er ist gerne im Stall."
„Trotzdem ist es schade um das Pferd."
„Wieso?" Ich ließ den Löffel jetzt sinken und guckte sie auffordernd an.
„Na ja, er steht nur rum."
„Er grast Tag und Nacht auf einer großen Wiese und kann sich austoben, wenn ihm danach ist. Seit er im Offenstall steht, ist er ausgeglichener als jedes Boxenpferd, das täglich geritten wird. Es geht ihm gut, er ist gesund."
Ich hasste dieses arrogante Augenrollen meiner Schwester.
„Was ist mit dir? Wolltest du dir nicht ein Dressurpferd kaufen?"
„Oh ja, ich glaube, ich habe mich entschieden. Ein tolles Nachwuchstalent, nicht billig, aber er ist einfach perfekt. Er heißt Morgenstern – ein

dunkelbrauner Hannoveraner mit erstklassigen Papieren. Total schick und so süß."
Plötzlich war meine Schwester wieder meine kleine Schwester, die richtig ins Schwärmen geraten konnte. Kein Hauch von Arroganz mehr.
„Oh, dann gratuliere ich. Morgenstern … klingt … interessant."
„Er ist ein direkter Nachkomme von Sternentänzer und …", damit zählte sie so ziemlich sämtliche Vorfahren auf, und das Pferd hatte offensichtlich viele erwähnenswerte Ahnen.

Mein Pferd hatte ich vor knapp sechs Jahren aus dem Bauch heraus ausgesucht. Mein Gefühl hatte mir verraten: „Der ist es!" Ich ließ einen Tierarzt eine Ankaufsuntersuchung machen, damit ich sicher sein konnte, dass Flintstone gesund war und kaufte ihn. Er gehört mir jetzt fast sechs Jahre, aber die Namen seiner Eltern müsste ich in den Papieren nachsehen.
„Dann sehe ich dich und Abendstern ja sicher bald auf einem Turnier. Wir kommen gucken und machen Fotos", schlug ich vor und heuchelte dabei so viel Begeisterung, wie mir möglich war.
„Morgenstern!"
„Oh ja, sorry, Morgenstern!"
„Aber er ist erst vier und wird noch trainiert. Ich werde ein gutes Jahr brauchen, um mit ihm auf die ersten Turniere zu gehen. Denn, wenn wir starten, wollen wir natürlich auch gewinnen."
„Ja klar, das verstehe ich natürlich. Das dauert sicher noch etwas …"

„Ein Jahr ist nicht viel Zeit, um ein Pferd anständig für Turniere vorzubereiten."
„Echt nicht?" Ich war nur ein Wald-und Wiesenreiter. Woher sollte ich wissen, wie lange ein Hannoveraner mit erstklassigen Papieren brauchte, um anständig zu laufen?
„Nein, ist es nicht. Wenn ich das in einem Jahr schaffe, bin ich echt gut. Stell dir vor, du müsstest dein Pferd nächstes Jahr auf einem Turnier vorstellen. Das würdest du doch nie schaffen …"
„Warum eigentlich nicht?"
„Also Schwester", so nannte mich Elena immer, wenn sie glaubte, mir etwas zu erklären, dass sie besser weiß als ich, „bis du dein Freizeitpferd soweit hast, dass du dich damit auf einem Turnier sehen lassen kannst, vergehen Jahre; so oft, wie du zum Reiten kommst, kannst du es ohnehin vergessen."
Jetzt verspürte ich ein leichtes Gefühl von Beleidigung, das jeden Moment in Trotz umschlagen konnte.
„Ja und? In einem Jahr könnte ich Flintstone aber dicke so weit kriegen, dass er auf Turniere geht und sogar solche Schleifendinger gewinnt."
„Nie im Leben!"
„Wollen wir wetten?"
Diese Frage endete meistens damit, dass ich mich in etwas hineinmanövriere, wo man nur schwer wieder herauskommt. Aber ich war sauer, und ich wusste, dass ich mit einer gewissen Portion Zielstrebigkeit meiner Schwester in nichts nachstehen musste.
„Gerne, aber wie willst du aus deinem Westernpony ein Dressurpferd machen?"

„Nicht Dressur. Jeder von uns hat ein Pferd, eine vorgegebene Disziplin und ein Jahr Zeit. Du reitest mit Deinem aufgehenden Stern Dressurturniere. Die Dressur der Westernreiter ist die Reining. Dafür trainiere ich Flintstone, und nach dem Trainingsjahr haben wir dann eine Saison Zeit, um Erfolge vorzuweisen."
„Okay, wer die meisten Schleifen hat oder wie?"
„Ja, zum Beispiel, wer welche Plätze belegt."
„Dann erringst du bei so einem mickrigen Stallturnier eine Schleife, und ich rackere mich auf irgendwelchen Meisterschaften ab."
„Nein, pass auf! Wir berücksichtigen die Turnierklasse und die Plätze. Vergeben je nach Platz und Klasse Punkte und gucken dann, wer nach der Saison die meisten Punkte hat."
Habe ich gerade wirklich diese Wette vorgeschlagen? Bin ich noch bei Trost?
„Willst du das wirklich machen?"
„Und ob!"
Wir reichten uns die Hände. Einen Wetteinsatz bestimmten wir nicht. Es gibt Wetten, die brauchen keinen Einsatz. Die muss man deshalb gewinnen, damit man noch in den Spiegel sehen kann. Dies war für uns beide so eine Wette.
Auf dem Nachhauseweg fragte Frank „Kann Flintstone denn Turniere laufen? Ist er so gut?"
„Noch nicht, aber …"
„Aber was?"
„Ich brauche auf jeden Fall … einen guten Plan!"

Kapitel 2: Der Plan

Der nächste Morgen begann wieder früh, obwohl Sonntag war, aber Familien mit Kind verfügen über einen biologischen Wecker, dem die Feier und das späte Zubettgehen am Vorabend nichts auszumachen schien. Das entsprechende Schlafdefizit zeigte sich in dieser Altersklasse noch verzögert, also erst am Montagmorgen, wenn Julian in den Kindergarten sollte und sowieso wenig Zeit war. An diesem Sonntagmorgen war er jedenfalls topfit und füllte Franks und mein Bett mit Spielzeug. Der kleine Terrorist wusste ganz genau, dass ab einer entsprechenden Menge Legosteine und Playmobilpferde kein gemütliches Liegen im Bett mehr möglich war und Mama und Papa dann auch aufstehen würden.
Ich wankte müde ins Bad und stolperte in die Dusche. Das frische Wasser auf meiner Haut tat gut. Ich schloss kurz die Augen und genoss das Prickeln auf meiner Haut. Als ich die Augen wieder öffnete, stand ein Bobbycar vor der Dusche, das gerade noch nicht dort geparkt hatte.
Julian quietschte im Schlafzimmer. Offensichtlich hatte er Papa durch Kitzeln oder Ähnliches in einen wachen Zustand versetzt, konnte jedoch nicht mehr schnell genug fliehen und wurde jetzt selber gekitzelt. Meine Männer konnten morgens schon so munter sein. Ich brauchte dafür mindestens zwei starke Kaffee.
Ich trat aus der Dusche und starte in den Spiegel. Wie viel Tiramisu hatte ich gestern gegessen? Obwohl die Verwandlung von einer einst schlanken,

sportlichen Frau in diesen eher „gemütlichen" Körper wohl doch eher ein schleichender Prozess über die letzten Jahre hinweg gewesen sein musste, stellte ich mir ernsthaft diese Frage, während ich im Spiegel meine Rundungen begutachtete. Wie ein Turnierreiter sah ich jedenfalls nicht aus. Daran würde ich auch etwas tun müssen. Croissants zum Frühstück waren ab sofort gestrichen. Außerdem fehlte es mir an Kondition. Früher war ich viel joggen, heute gar nicht mehr. Nach der Geburt hatte ich probiert, damit wieder zu beginnen, aber erstens war immer wenig Zeit, und zweitens war das irgendwie anstrengender als früher.
„Maaaaamaaaa", kreischte Julian.
Ich zog mir den Bademantel über und wickelte mir ein Handtuch um den Kopf.

Wie jeden Sonntag bereiteten Frank und ich ein üppiges Frühstück vor. Frank machte Rührei mit gewürfelten Tomaten, Speck und frischen Kräutern. Dazu gab es Aufschnitt, Käse, Marmelade und Brötchen, die gerade im Ofen aufbackten.
Ich schäumte warme Milch auf und bereitete den sonntäglichen Cappuccino vor. Verzierte den Milchschaum mit Kakaopulver und ein paar Schokoflocken.
Nach dem Frühstück wollte Frank mit Julian im Garten einen Brunnen anlegen. Es war Frühjahr und noch kalt draußen, aber wenn sie in dieser Geschwindigkeit vorankamen, wie an den letzten beiden Sonntagen, würden wir Glück haben, wenn das Ding bis zum Sommer fertig wurde.

Ich hatte auf jeden Fall Zeit für mich. Was verstehen Frauen schon vom Brunnenbau? Also sprang ich in meine bequeme Reitjeans, zog mir ein mit Teddyfell gefüttertes Sweatshirt darüber, warnte meine Männer noch vor der Kombination von Strom und Wasser und fuhr in den Stall.

Flintstone war ein kompaktes Quarterhorse vom alten Stocktyp, nicht so ein moderner Sportquarter, in die immer mehr Vollblut reingezüchtet wird und die man kaum noch von Arabern unterscheiden kann. Flintstone war wie Quarter eigentlich sein sollten, kompakt, muskulös und wendig. Zugegebenermaßen erkannte man das momentan nicht so gut, weil er schließlich auch noch dickes Winterfell trug und gerade erst begonnen hatte, dies zu verlieren. Ein wenig Speck hatte er ebenfalls angesetzt, aber das Meiste war sicher Winterfell … Eigentlich war Flintstone eine Schönheit und trug eine eher seltene Farbe für Quarter. Er war sehr dunkelgrau, fast schwarz und seine Mähne war etwas heller. Braune Quarter gab es wie Sand am Meer, aber Flintstone war schon etwas Besonderes.
Er stand auf der Wiese zwischen anderen Pferden und hatte mich noch nicht bemerkt. Er graste friedlich vor sich hin. Vor ihm hielt sich ein größeres Pferd, ein Rheinländer oder sowas in der Art, auf. Offensichtlich war Flintstone der Meinung, dass der Rheinländer besseres Gras hatte. Er ging gemütlich, aber zielstrebig auf den Rheinländer zu und legte die Ohren an. Dieser verzog sich sofort. Flintstone war der Boss auf dieser Wiese; er war sehr dominant gegenüber anderen Pferden und auch gegenüber mir.

Aber wir hatten einen Weg gefunden, um miteinander auszukommen. Er liebte es, gemütlich durchs Gelände zu zuckeln und an seinen Galoppstrecken loszupreschen. Ich bestand darauf, dass er erst dann losgaloppierte, wenn ich es erlaubte, weil ich ja theoretisch der Chef sein sollte, aber ich beschränkte dies auf zwei oder drei Trippelschritte, damit ich sicher sein konnte, dass er nicht doch vor meinem Kommando losgaloppierte und ich damit verloren hatte. Er wusste dies und akzeptierte ebenfalls zwei bis drei Gehorsamsschritte. Irgendwann müsste ich eine Galoppstrecke mit ihm mal im Schritt abgehen. Das hatte ich mir vorgenommen. Aber es war bisher noch nie der richtige Tag gewesen, um dies mit Flintstone auszukämpfen. Im Prinzip ging ich davon aus, dass er wusste, dass er stärker ist als ich und dies auch beweisen würde, wenn ich ihn zu viel ärgerte. Anderseits hatte mich Flintstone auch noch nie in wirkliche Gefahr gebracht. Er war schrecksicher, zuckte höchstens mal zusammen, wenn plötzlich ein Fußball oder ein Motorrad angerollt kamen; er hatte keine Angst vor Autos, nicht mal vor Traktoren und watete brav durch Pfützen und Bäche. Außerdem verhielt er sich sehr vorsichtig mit Julian. Julian konnte ihn füttern; er nahm ganz behutsam die Möhre oder das Leckerli aus Julians kleiner Kinderhand. Julian konnte ihn mit der Hand auf den Kopf klopfen, und Flintstone hielt still. Ich ließ die beiden natürlich nie alleine, aber es war unverkennbar, dass Julian bei Flintstone eine Art Welpenschutz genoss. Und somit war Flintstone für uns das ideale Familienpferd.

„Fliiiiiintstone!", rief ich.
Alle Pferde auf der Wiese hoben ruckartig den Kopf und starrte mich an.
In Flintstones Kopf liefen nun folgende Gedanken ab: *Mein Mensch ist da – die Alte hat keine Möhre und kein Brötchen in der Hand, tsss! Soll sie doch kommen, wenn sie was von mir will!*
„Fliiiiiintstone!", rief ich erneut, und alle Pferde senkten den Kopf wieder und fraßen entspannt weiter.
„Grrr!", ich stapfte über die Wiese.
Kurz bevor ich bei Flintstone angekommen war, trabte er ein Stück weiter und begann dort wieder zu grasen.
„HEY!", schimpfte ich.
Kurz bevor ich ihn erneut fast erreicht hatte, schüttelte er kurz den Kopf, als wenn er sich ärgerte, machte einen Buckelsprung und galoppierte ein Stück weiter, sah mich von dort abschätzig an und graste.
„Du KRÖTE!"
Der einfachste Weg wäre jetzt, eine Plastiktüte mit Brötchen zu holen, dann wäre er sofort bei mir. Er ist bestechlich, aber so wirklich richtig war das eigentlich nicht. Würde ich mich jetzt umdrehen und die Wiese verlassen, hätte Flintstone gewonnen. Er würde seine Verhaltensweise unter „erfolgreich erprobt" abspeichern und anschließend noch eine Belohnung für sein Verhalten erhalten, weil ich mit der Brötchentüte auftauchte. Ich überlegte kurz, welche Erziehungsmaßnahme jetzt richtig wäre. Flintstone auf der Wiese in eine Ecke treiben und

ihn fangen. Die Wiese war groß, und Flintstone war schneller als ich, ich schnaufte jetzt schon …
Ich drehte mich um und ging, um die Brötchentüte zu holen.

In der Reithalle waren noch zwei jugendliche Mädels auf ihren Pferden. Ich begrüßte sie und zog einen unwilligen Flintstone hinter mir in die Halle. Er hätte lieber eine Runde im Wald gedreht. Reiten in der Halle fand er langweilig. Aber die Runden im Wald würden jetzt seltener werden – schließlich reitet man Turniere in der Halle.
„*Tür frei* musst du fragen!", zischte mich die pubertierende Zicke auf einem zierlichen und steril-staubfreien Pferdchen an.
„Ich habe euch begrüßt, und ihr seid am anderen Ende der Halle gewesen – die Tür war so was von frei …", antwortete ich sarkastisch.
„Trotzdem!", zickte sie zurück.
Ich rollte mit den Augen und zog Flintstone weiter in die Mitte der Halle.
Nachdem ich den Gurt meines Westernsattels noch zwei Löcher enger gezogen hatte, stieg ich auf und ließ Flintstone auf den Hufschlag trotten. Ich überlegte, was ich mit ihm alles üben wollte und entschied mich, erst mal alle Gangarten flüssig und zügig hinzubekommen sowie die Übergänge anständig zu reiten. Das wäre für heute schon ein gutes Übungsziel.
Neben mir trabte ein künstlich glänzendes Pferd mit rosa Satteldecke und rosa Gamaschen vorbei. Die Reiterin mit einer braun-rosa karierten Reithose und einer braunen Pikeur-Reitjacke, aus der oben ein

rosafarbender Rolli herausguckte grummelte etwas von Bahnregeln.
Ich trabte ebenfalls an, damit ich nicht auf den zweiten Hufschlag ausweichen musste. Flintstone schlurfte gemütlich durch den Sand. Ich versuchte, ihn zu beschleunigen, aber er reagierte nicht. Ich verlieh meiner Forderung ein wenig Nachdruck, indem ich meine Sporen an Flintstones Körper legte, ebenfalls ohne Reaktion, also piekte ich ihn etwas. Er beschleunigte seinen Trab leicht, aber legte kurz die Ohren an, was mir sagen sollte: *„Ok, ich mache schneller, aber pieks mich noch mal und du sitzt im Sand!"*
Von vorne kam mir jetzt die Pikeur-Reitjacke entgegen; ich ritt einen kleinen Bogen, um ihr auszuweichen. Flintstone legte beim Vorbeireiten kurz die Ohren an, ohne ansonsten irgendeine Reaktion zu zeigen. Für das sensible Araberchen reichte diese Geste jedoch aus, um furchterfüllt zwei Galoppsprünge nach vorne auszuweichen.
Miss Rosa hatte kurz Mühe, nicht runterzufallen und fauchte mich an. „Wir sind hier nicht im wilden Westen – kannst du nicht etwas mehr Abstand halten mit deinem … Zottelteil?"
„Sorry, ich wusste nicht, dass dein Sensibelchen so panisch reagiert. Mein Zottelteil hat doch gar nichts gemacht."
„Es hat die Ohren angelegt und Sandokan gedroht!"
„Gedroht, Ohren angelegt? Nein, dein Sandokan ist nur so voller Glanzspray, dass man sich fast spiegeln kann und mein Flintstone wollte beim Vorbeireiten kurz sein Styling überprüfen."
„Dass so ein Zottel Wert auf sein Styling legt, kann ich gar nicht glauben."

„… und dass so ein Angsthase Sandokan heißt, kann ICH nicht glauben!"

Man kann schon sagen, dass Reitställe eine besondere Art sozialer Gemeinschaften sind. Ich war als Kind in einem Volleyball-Verein. Wie man einen Ball zu werfen hat, da gibt es richtig und falsch und das war´s. Aber wie man ein Pferd reitet, da gibt es tausende Möglichkeiten. Jeder Reiter erhebt für seine Reitweise und die Art, wie er mit seinem Pferd umgeht, den Anspruch der alleingültigen Richtigkeit, kann dies mit dem einen oder anderen Erfolgserlebnis belegen und sortiert somit alle anderen Möglichkeiten in eine Schublade „falsch" oder sogar „Tierquälerei".
In meiner Volleyballzeit habe ich nie erlebt, dass sich Grüppchen am Rand bilden und darüber herziehen, wie ich mit dem Ball umgehe.
Bei Reitern ist das anders. Es existieren so viele verschiedene Reitweisen von Englisch, Iberisch bis hin zum Westernreiten. Zusätzlich grassieren unterschiedliche Methoden, einem Pferd zu begegnen. Die einen touchen es nach Tellington, andere schwören auf blau-gelbe Stroh-gefüllte Plastikhüllen und so weiter und sofort. Bei den einen ist es verpönt, sein Pferd aus der Hand zu füttern, weil sich Pferde untereinander auch nicht gegenseitig füttern. Trotzdem reiten diese Nicht-aus-Hände-Füttern-Leute ihre Pferde, aber ich habe noch nie ein Pferd gesehen, dass ein anderes Pferd sattelt und reitet. Konsequent finde ich das nicht. Dann sind da welche, die verschnüren ihre Pferde zum Paket und longieren sie so lange, bis sie sich nicht mehr

wehren. Erst jetzt steigen sie in den Sattel. Join-up, Führtraining und Bodenarbeit, Zirkuslektionen zur geistigen Ausgeglichenheit des Pferdes; andere labbern ihre Pferde beim Putzen schon so zu, dass ich als Pferd auch buckeln würde, sobald die mir den Sattel auflegen würden. Es wäre gar nicht wegen des Sattels an sich, sondern weil ich mir garantiert die nächste Stunde in der Reithalle weiterhin dieses Gelaber anhören müsste, sobald die Quasselstrippe den Sattel festgezurrt hat. Klappt es aber bei dem Stallkollegen und seinem Pferd irgendwie besser, liegt das nur daran, dass er ein viel zu scharfes Gebiss in das Pferdemaul gezwängt hat oder Sporen benutzt, was natürlich eine viel größere Qual für die Pferde ist, als das Zutexten von einer redebegeisterten, frustrierten Hausfrau.
Hat ein Pferdebesitzer mit einer Methode bei seinem Pferd auch nur den kleinsten Erfolg, bedeutet dies adhoc, dass alle anderen Methoden falsch sein müssen, denn schließlich sind alle Pferde gleich – vorne Kopf und hinten Schweif. Die Reiter, die der gleichen Reitweise und Methode Vorzug schenken, sind Verbündete; alle anderen haben keine Ahnung und werden mindestens schief beäugt.
Und während sich Be-strict-Anhänger und Tellington-Anhänger äußerlich gar nicht so sehr unterscheiden, bin ich auch noch Westernreiterin. Westernreiter reiten in dreckigen Jeans auf viel zu kleinen zotteligen Pferden, die sich wie blöd im Kreis drehen. Wir Westernreiter quälen unsere Pferde mit Rädchensporen und viel zu scharfen Gebissen. Westernreiten ist primitiv und so weiter und so fort. Vorurteile sind genug vorhanden, ich

kenne sie alle – schließlich habe ich eine Schwester, die fanatische Vertreterin der klassischen Dressur ist, was auf einigen Familienfeiern schon zu hitzigen Debatten zwischen uns geführt hat. Ich persönlich finde klassische Dressur langweilig, aber hätte kein Problem damit, mit ihr auszureiten. Während Klassischreiter sich zu schämen scheinen, wenn man sie mit Westernreitern sieht. Natürlich gibt es auch schwarze Schafe unter den Westernreitern, die tatsächlich nicht gut mit ihrem Pferden umgehen, aber die finden sich ganz genauso in jeder anderen Reitweise. Eigentlich sollte mal jemand eine Doktorarbeit über soziale Gefüge, Entstehung von Spannungen und Revolutionen der einen oder anderen Gruppierung in Reitställen schreiben. Dies wäre zumindest ein ergiebiges Thema und könnte ein wenig weiter gesponnen die Entstehung von Weltkriegen erklären.

Ich gab Küsschen. Für die meisten Westernpferde das akustische Kommando, um anzugaloppieren. Flintstone entschied offensichtlich, dass dies zu anstrengend sei und trabte ruhig weiter. Ich nahm leicht die Sporen zur Hilfe und gab wieder Küsschen und nochmal. Unwillig galoppierte er an. Nach einer Runde fiel er zurück in den Trab; ich leitete wieder die Galopphilfe ein. Er trabte nur etwas schneller. Ich setzte die Sporen ein. Flintstone legte die Ohren an und zog in seinem Rücken die Muskeln zusammen. Ich verstand die Drohung, wusste aber auch, dass ich ihn damit nicht durchkommen lassen durfte. Ich atmete tief durch, machte mich darauf gefasst, notfalls schnell den Sattelknauf zu greifen und kommunizierte erneut und unmissverständlich die Galopphilfe. Flintstone machte einen Buckelsprung, galoppierte aber an. Ich hatte also gewonnen. Ich ließ ihn nach einer Runde in den Trab fallen und lobte ihn. Ich wusste, dass sein Protest nach einer weiteren Galopprunde heftiger ausfallen würde.

Als ich wieder zu Hause ankam, waren Frank und Julian gerade im Bad. Irgendwas war mit der Wasserleitung im Garten passiert. Frank nuschelte etwas von heißer Dusche und Erkältung; ein nackiger Julian flitzte an mir vorbei, bevor ihn Frank wieder eingefangen hatte.
Da die Dusche besetzt war, schaltete ich meinen Computer an und schaute mir auf YouTube einige Videos von Reiningturnieren an. Nach dem dritten Video war ich ziemlich frustriert. Was hatte ich mir nur dabei gedacht, mit meiner Schwester zu wetten. Reining war die Dressur der Westernreiter, wurde aber fast ausschließlich im Galopp geritten. Die zu reitende Aufgabe nannte man Pattern, und eine Pattern bestand aus deutlich mehr als zwei Galopprunden. Irgendwie waren Flintstone und ich weit davon entfernt, so zu reiten wie die Paare auf den Videos.

„Wie war das Reiten?", fragte mich Frank aus dem Bad, während die Dusche rauschte und Julian quietschte.
„Gut."
„Hast du schon für das erste Turnier geübt?"
„Hmmm …"

„Was ist los?" Frank war ernsthaft interessiert und guckte jetzt um die Ecke.
„Ich glaube, ich packe das mit Flintstone nicht. Ich habe mir einfach zu viel vorgenommen."
„Sandra", Frank hielt mit beiden Händen meine Schultern fest und stierte mir in die Augen, „bis jetzt hast du doch alles geschafft, was du dir vorgenommen hast."
„Bis jetzt!"
„Du hast noch nie aufgegeben! Ich bin mir sicher, du findest auch diesmal wieder einen Weg. Du wirst es deiner Schwester schon zeigen und dir selber auch!"
Genau in diesem Moment piepte mein Handy kurz auf. Eine SMS meiner Schwester: „hi, habe morgenstern gekauft – top die wette gilt!"

Unter der Dusche fasste ich einen Plan. Ich hatte vor, es wirklich zu schaffen, und es war Zeit, um endlich anzufangen. Ich musste mein Pferd und mich wieder fit kriegen.
Als Mutter mit einem Teilzeitjob hatte man sowieso schon ständig das Gefühl, man würde nicht genug Zeit mit seinem Kind verbringen. Es kam also nicht infrage, jetzt jeden Abend im Reitstall Flintstone zu trainieren oder im Fitness-Studio mich. Ich müsste einen anderen Weg finden.
Ich machte mir einen Wochenplan. Jeden zweiten Tag würde ich abends, wenn Julian schlief, etwas für meine Kondition und Fitness tun. Frank musste mir den bisher noch fast ungenutzten Crosstrainer aus dem Keller ins Schlafzimmer tragen. Ich begann mit zehn Minuten und wollte mich kontinuierlich steigern. Dann würde ich auch meine Ernährung

umstellen müssen – ich hatte vor, innerhalb des nächsten Jahres zehn Kilo abzunehmen. Jeden Monat ein knappes Kilo erschien mir im Rahmen des Möglichen. Zweimal die Woche würde ich Julian etwas länger im Kindergarten lassen und direkt nach der Arbeit reiten gehen; einen Abend würde ich professionelle Hilfe in Anspruch nehmen. Ich brauchte einen Trainer und zwar einen guten Trainer, der etwas von seinem Job verstand. Ansonsten hatten Flintstone und ich keine Chance. Am nächsten Abend hatte ich eingekauft. Julian und Frank aßen Brot mit Käse, Aufschnitt und Weintrauben. Ich aß Weintrauben, eine Tomate und eine halbe rohe Paprika. Als Julian im Bett war, setzte ich mich vor den Computer, während Frank sich ein Fußballspiel ansah. Ich suchte nach Reiningtrainern in meiner Umgebung. Ich schrieb alle Trainer auf, die ich finden konnte und fragte auch am nächsten Tag die Westernreiter im Stall nach Trainern und Erfahrungen.

Kapitel 3: Let's get ready to rumble

Ich war aufgeregt und sehr froh, dass Frank mich begleiten wollte. Julian würde so lange beim Nachbarsjungen spielen, während Flintstone und ich unsere erste Reitstunde bei einem echten Reining-Profitrainer hatten. Ich hatte Flintstone besonders ordentlich geputzt, gebürstet und sogar etwas Fellspray benutzt. Den Sattel hatte ich letztes Wochenende geputzt und neu gefettet, die Gamaschen waren frisch gewaschen; ich hatte meine beste Reitjeans und mein Old-Sorrel-Westernreiter-Sweatshirt an. Ich hatte sogar die Schnalle meines Gürtels poliert, die man zwar unter dem Sweat nicht sah, aber ich fühlte mich gleich besser. Außerdem hatte ich schon ein gutes Kilo abgenommen. Es lief also alles nach Plan. Ich war dennoch nervös.

Samy Houghten war eigentlich eine andere Liga als ich, aber sein Ausbildungsstall war nur fünfzehn Autominuten von unserem Stall entfernt (wenn ich selber mit Pferdehänger und Pferd fuhr, dann wohl eher fünfundzwanzig Autominuten, aber heute fuhr Frank).
Im Houghten Stable wurden Westernpferde für den internationalen Turniersport gezüchtet und ausgebildet, es gab aber auch qualifizierten Reitunterricht für ambitionierte Westernreiter, und zurzeit war ich sowas von ambitioniert. Wir fuhren auf einen makellosen Hof mit drei schicken Stallgebäuden, einer Reithalle, zwei Reitplätzen, einem überdachten Longierzirkel, einer überdachten

Führanlage und dahinter endlosen Wiesen voller Westernpferde.
Eine schlanke Frau mir kurzen Haaren und ersten Fältchen um die Augen kam uns entgegen. Sie wäre Melanie, Samys Frau, und wir sollten unser Pferd schon mal ausladen, ihr Mann würde gleich kommen.
Ein gutaussehender, sportlicher Cowboy schlenderte mit einem Halfter in Richtung Wiesen. Zwei Frauen Mitte dreißig sahen uns aus einigem Abstand beim Ausladen von Flintstone zu. Ansonsten herrschte eine ausgesprochene Ruhe auf dem Hof. Nicht dieses abendliche geschäftige Treiben und Durcheinander wie bei uns im Stall.
Frank half mir, Flintstone zu satteln; da kam auch schon Samy. Samy war ein waschechter Cowboy um die Fünfzig. Er hatte sonnengebräunte Haut, einen Schnauz und ein freundliches Lächeln, bei dem sich Fältchen um die Augen bildeten. Auf dem Kopf trug er ein ausgewaschenes beigefarbendes Cappy. Ganz natürlich trug er seine Sporen – es machte den Anschein, als trüge er sie immer und schnallte sie von seinen Stiefeln niemals ab.
Samy kam aus Texas und hatte bereits seit seiner Jugend in Amerika mit Reining-Turnieren sein Geld verdient. Irgendein Turnier hatte ihn nach Deutschland verschlagen, wo er Melanie kennengelernt hatte. Er war geblieben und hatte mit Melanie einen Zucht- und Ausbildungsstall eröffnet, der in der Reining-Szene schon seit Jahren einen beachtlichen Namen besaß. Samy trainierte zusammen mit zwei angestellten Trainern und seiner Tochter Miriam die Pferde und stellte sie

international auf Turnieren vor. Melanie kümmerte sich um die organisatorischen Dinge, die ein so großer Stall mit sich brachte, von der Buchhaltung über den Einkauf von Futter bis hin zum Verkauf der jungen Pferde.

„Ich bin Samy", wurden wir freundlich begrüßt. Der breite texanische Akzent ließ sich auch nach über zehn Jahren in Deutschland nicht verstecken.
„Frank."
„Sandra und das ist mein Pferd Flintstone."
„Habe ich mir schon fast gedacht", grinste Samy breit, und ich kam mir ein bisschen blöd vor.
„Kommt mal rein in die Halle!", Samy zeigte auf ein breites Hallentor, das in eine helle, riesige Reithalle führte.
„Du sagtest am Telefon, du hattest schon mal Unterricht und willst jetzt etwas weiterkommen?", vergewisserte sich Samy.
„Also, der Unterricht ist schon ein paar Jahre her. Ich habe vor drei Jahren ein Kind bekommen; mein Pferd und ich haben danach etwas pausiert. Jetzt würde ich gerne wieder richtig einsteigen und auch etwas weiterkommen …"
„Dann steig mal auf!", unterbrach mich Samy. Eigentlich wollte ich noch genauer erklären, was ich mir vorstellte, aber ich widersprach nicht, sondern stieg auf.
Flintstone war sehr aufgeregt. Seine Augen und Nüstern waren groß, seine Ohren zeigten wie Radarantennen in alle Richtungen. Sein Kopf war hochgestreckt und seine Muskeln im ganzen Körper angespannt. Alles war fremd für ihn hier.

Ich trieb ihn vorsichtig an und hoffte, dass er nicht
lossprang, war aber auf alles gefasst. Ich ging eine
Runde mit ihm und überall waren für Flintstone
schreckliche Dinge. Dort stand eine Pylone im Sand.
Flintstone fixierte sie, als hätte er sowas noch nie
gesehen. Dort lag eine Longe im Sand, als er die
bemerkte, zuckte er zusammen. Ich versuchte,
möglichst selbstsicher herüberzukommen, was gar
nicht so einfach ist, wenn man damit rechnet, dass
das Pferd unter einem jeden Moment irgendwas
Unberechenbares tut.
„Trab mal an!", rief Samy.
Ich schluckte und gab Flintstone die Trabhilfe. Er
spannte die Muskeln noch mehr an; ich spürte, wie
aufgeregt er war. Vorsichtig, ganz vorsichtig gab ich
noch mal die Hilfe für den Trab. Angespannt
tänzelte er los, nach einigen Schritten fühlte es sich
fast wie normaler Trab an.
Ich dachte mir gerade: *Das war ja jetzt gar nicht mal so
schlecht,* als Samy brüllte: „Steig mal ab!"
Ich hielt Flintstone an und stieg ab. Seitlich in der
Halle war eine kleine Tribüne, wo eine lange Bank
stand. Ich hatte bemerkt, dass sich die beiden Frauen
und der Typ mit dem Halfter dort hingesetzt hatten;
sicher lästerten sie über mich. Ich fühlte mich gerade
ziemlich klein.
Samy kam zu mir und nahm mir Flintstone ab.
„Wie du reitest, weiß ich jetzt. Ich würde gerne
Flintstone reiten. Ist das okay für dich?"
*Hä? Ich hatte gerade mal fünf Minuten auf dem Pferd
gesessen und er meinte, von mir genug gesehen zu haben?*
„Ähm … Ja … natürlich", nickte ich brav.

„Ich reite die Pferde immer mit meinem eigenen Equipment. Wir satteln dein Pferd schnell um!", bestimmte er.
Ich folgte Samy und Flintstone in ein Nebengebäude, wo Samy den Gurt meines Pferdes löste, den Sattel abnahm und auf einen Sattelwagen hängte. Er nahm auch Flintstones Sattelpad ab, das ich frisch gesäubert hatte und außerdem das beste Pad war, das Flintstone besaß.
Er erklärte: „Ich reite nur mit Filzpads, die rutschen nicht so auf dem Pferd wie dein Pad hier."
„Deine Zügel sind mir zu breit und schwer. Wir reiten hier nur mit diesen dünnen, weichen Lederzügeln. Warum reitest du dein Pferd noch mit Wassertrense? Er ist doch alt genug für eine Kandare …"
„Ich habe noch nie eine Kandare ausprobiert …"
„Warum bist du nicht mal auf die Idee gekommen, etwas an deiner Ausrüstung zu ändern, wenn es mit dem Pferd nicht richtig funktioniert?", forschte er, während er Flintstones Trensenschnalle öffnete.
Nicht funktioniert? Flintstone hat doch gerade ganz gut funktioniert. Ich bin nicht runtergefallen, er ist angetrabt … Waren wir so schlecht?
„Funktioniert es mit anderer Ausrüstung besser?", ich zuckte die Schultern.
„Wer macht die Fehler, wenn etwas nicht klappt?", er sah mich leicht grinsend an.
Ich erinnerte mich an meine alte Trainerin, von ihr hatte ich viel gelernt. Ich hätte sie auch wieder beauftragt, wenn sie nicht weggezogen wäre. Sie war unheimlich sympathisch mit ihrer ruhigen und freundlichen Art.

„Die Fehler macht immer der Reiter", antwortete ich, weil ich es so bei ihr gelernt hatte.
„Falsch! Die Fehler macht immer das Pferd! Das Pferd entscheidet in seinem Kopf, etwas so oder so zu machen. Es kommt nur darauf an, ob du es zulässt!"
Ja, klingt auch irgendwie logisch …
Samy wechselte Flintstones Trense gegen eine seiner Trensen. Flintstone hatte zum ersten Mal in seinem Leben eine Kandare im Maul und kaute leicht unsicher auf dem ungewohnten Gebiss herum. Dann führte Samy Flintstone wieder in die Halle und hievte sich in den Sattel.
Ich setzte mich zu den anderen Zuschauern auf die Bank.
Samy nahm die Zügel an. Flintstone trat unsicher rückwärts. Daraufhin buffte Samy mein Pferd mit seinen Sporen. Über diese ungewohnte Reaktion ärgerlich, spannte Flintstone wieder alle Muskeln an und wollte dem fremden Gebiss im Maul, das Samy immer noch anzog, weiter nach hinten entweichen. Er ärgerte sich jetzt stetig mehr; ich war mir sicher, dass er Samy gleich abwerfen würde, aber Samy blieb unbeeindruckt locker, was Flintstone grundsätzlich noch wütender machte.
„Was für eine Rasse ist das? Ist da Haflinger mit drin? Der hat ja so einen breiten Hintern?", fragte mich eine der Frauen auf der Bank neben mir.
„Nein, Quarter", antwortete ich kurz und weil ich das mit dem Hintern nicht so stehen lassen wollte, „er hat noch recht viel Winterfell, das trägt etwas auf."
Die Frauen nickten.

„Wie ist der denn gezogen?", erkundigte sich die andere der beiden Frauen.

„Landrover", erläuterte ich, ohne den beiden Beachtung zu schenken, ich beobachtete weiter Samy und mein Pferd.

„Landrover? Das ist aber keine Reiningveranlagung, oder?"

„Hä? Das ist das Auto vor dem Hänger da draußen, damit ziehen wir ihn." gab ich unkonzentriert zurück.

„Wir wollten wissen, was für eine Abstammung dein Pferd hat", versuchte es jetzt der Cowboy neben den beiden Mädels; es klang ein wenig arrogant.

„Och, eine ganz seltene Abstammung, das würde Euch nichts sagen…"

Flintstone buckelte kurz, wollte nach vorne und bekam so heftig Samys Sporen zu spüren, dass er aufstöhnte und ich die Luft anhielt. Eigentlich hätte ich jetzt wildes Rumspringen von Flintstone und Samy im Sand erwartet, aber Flintstone kämpfte mit dem Gebiss in seinem Maul und den Sporen in seinen Rippen. Ich dachte kurz daran aufzuspringen und einzugreifen, als Flintstone plötzlich den Kopf senkte und Samy sofort alles losließ und Flintstone ruhig stehen ließ. Flintstone war froh darüber und hob seinen Kopf wieder an. Sofort nahm Samy wieder die Zügel an und drückte mit den Sporen. Flintstone ging immer zügiger rückwärts. Samy wirkte unbeeindruckt und locker, hielt aber die Zügel stramm und die Sporen am Pferd. Mein armer Flintstone wusste gar nicht, was er eigentlich machen sollte und ich auch nicht. Er war rückwärts an der Hallenbande angekommen. Samy ließ ihn rückwärts

dagegen laufen. Flintstone erschreckte sich und buckelte, so gut es mit den angezogenen Zügeln ging. Samy drückte konstant die Sporen in Flintstones Winterfell und das Correctional Gebiss in Flintstones Gaumen.
Mir reichte es jetzt; ich stand auf und wollte das Ganze abbrechen.
In dem Moment versuchte Flintstone, auszuprobieren, ob es was nützen würde, den Kopf runter zu nehmen. Sofort gab Samy wieder alles frei. In Flintstones Kopf arbeitete es, das konnte man seinen Augen ansehen. Dann nahm er den Kopf wieder hoch, sofort spürte er erneut Samys Sporen. Diesmal wusste Flintstone, was der Typ da oben wollte und senkte sofort den Kopf, wieder ließ Samy alles locker.
„Das hat er schnell verstanden", rief Samy zu mir und Frank rüber. Flintstone schwitzte bereits vor Aufregung. Samy trieb ihn nun an und verlangte sofort Trab. Nach einem Zirkel trieb er ihn in den Galopp. Ich wusste, dass Flintstone nach einer Runde in den Trab fallen würde, und genau das tat er auch. Samy buffte ihn und gab sofort wieder eine Galopphilfe. Flintstone galoppierte eine weitere Runde. Dann fiel er wieder in den Trab. Samy bestrafte ihn erneut und gab wieder die Galopphilfe, worauf Flintstone zwei Buckelsprünge vollführte. Samys Sporen lagen immer noch tief in Flintstones Winterfell, und dass Samy völlig unbeeindruckt weiter den Galopp verlangte, war für Flintstone ungewohnt. Es schien ihn zu ängstigen. Er legte die Ohren an und stürmte Richtung Hallentor, durch das er seinen Pferdehänger sehen konnte. Fast hätte

er es geschafft, doch Samy kämpfte mit Sporen und Zügeln und trieb ihn auf den Zirkel zurück.
Flintstone wieherte mit großen Augen, es klang, als rufe er um Hilfe.
Ich blieb still stehen, da ich irgendwie auch beeindruckt war, dass Samy Flintstone nicht einen Millimeter nachgab. Ich hätte einen Kompromiss gesucht, aber Samy war kompromisslos. Plötzlich erschien es mir gar nicht so unverschämt, von einem Pferd ein paar Runden Galopp zu verlangen.
Samy und Flintstone kriegten keine komplette Zirkelrunde hin. Entweder Flintstone brach seitlich aus der Zirkellinie aus oder buckelte. Die sechzig Minuten Reitstunde waren eigentlich schon lange überschritten. Flintstones Winterfell sah aus wie geduscht. Samy war auch ganz schön ins Schwitzen geraten. Plötzlich konnte man sehen, wie Flintstone jeden Protest aufgab, er wurde locker, als wenn er sich in ein Schicksal ergab und galoppierte. Nachdem eine Zirkelrunde brav umrundet war, hielt Samy Flintstone an und stieg ab. Flintstone sah aus, als könne er sich kaum noch auf den Beinen halten, sein Kopf hing tief über den Sand; seine Atmung bewegte den massigen Körper hin und her. Schweiß tropfte unterm Bauch und von der Nase.
„Miri!", rief Samy.
Samys Tochter kam angelaufen, nahm Samy das Pferd ab und führte es aus der Halle.
Samy kam zu Frank und mir.
„Dein Pferd ist echt ein sturer Bock und faul, aber er hat keinen schlechten Charakter. Ich möchte gerne, dass er darüber erst mal nachdenkt. Ist es okay für dich, wenn du bis nächste Woche nicht reitest und

auch erst mal nicht ausreitest? Wir müssen ihn erst mal ans Arbeiten gewöhnen."
„Ja, klar", irgendwie war ich beeindruckt. So wie gerade hatte Flintstone bei mir noch nie nachgegeben. Ich hatte in der letzten halben Stunde verstanden, dass ich für Flintstone nicht wirklich der Chef war. Er hatte gerade zum ersten Mal jemanden, außer sich selbst, als Alpha-Tier anerkannt. Samy war der Erste, dem er sich untergeordnet hatte.

Als wir in die Stallgasse kamen, war Miri dabei, Flintstone in einer Pferdeduschkabine zu duschen. Er genoss es sichtlich; ich wunderte mich. Er ließ sich das Wasser sogar über den Kopf laufen.
„Warmes Wasser", erklärte Samy, als er meinen Blick bemerkte.
Flintstone schloss genießerisch und total erschöpft die Augen, als Miri ihn nun noch mal von vorne bis hinten mit warmen Wasser abspülte.
Ich packte Flintstone anschließend in seine Decke; er marschierte willig und erschöpft in seinen Pferdehänger.
Auf dem Rückweg sagte Frank: „Ich finde den Trainer total cool. Der hat es Flintstone richtig gezeigt. Das hat der echt mal gebraucht!"
„Findest du? Flintstone tat mir auch ein wenig leid."
„Wenn du weiterkommen willst, brauchst du genau diesen Trainer."
„Ja, wahrscheinlich hast du recht."

Die Woche kam noch unser Hufschmied in den Stall und beschlug Flintstone neu. Julian freute sich

immer, wenn er dabei sein konnte. Jogi ließ Julian mit seinem Hammer auf ein Eisen hauen.
Julian war total fasziniert, wenn das heiße Eisen im Wassereimer abgekühlt wurde und zischend dampfte.
„Ich habe einen neuen Trainer", erzählte ich Jogi.
„Wen denn?" Durch seinen Job kannte Jogi so ziemlich alle Ställe in der Gegend, wusste über alle Vorkommnisse und Gerüchte aus der Pferdeszene Bescheid. Ein Beschlagtermin bei Jogi brachte einen wieder up to date.
„Ich war bei Samy Hougten. Der hat vorgestern Flintstone geritten."
„Hougten, der Texaner?"
„Ja, genau der!"
„Der geht ziemlich brutal mit seinen Pferden um. Die Amis haben da einen anderen Umgang mit Pferden. Pass auf, dass er Flintstone nicht verdirbt. Ich habe mal gesehen, wie er ein junges Pferd ziemlich verprügelt hat. Das arme Tier wusste gar nicht, wie ihm geschah …"
„Was hatte das Pferd denn gemacht?"
„Keine Ahnung! Ich verstehe nicht viel davon, ich reite ja nicht selber, aber das Pferd tat mir schon leid."
Ein Schmied, der nicht reitet ? Hmmm …
Gut, dass Jogi nicht gesehen hatte, wie Samy Flintstone vorgestern durch die Halle getrieben hatte!

Kapitel 4: You´re in the army now

Eine Woche später stand ich mit Flintstone wieder in Samys Reithalle. Flintstone trug eine neues, dunkelgrünes Sattelpad mit Filzunterlage. Ich hatte mich eigentlich für das bordeauxrote Pad entschieden, aber Julian zeigte auf das Bundeswehrgrüne und sagte leicht drohend: „Mama, das Fint-ton Päääd!" (Übersetzung: „Das da ist das neue Pad für Flintstone oder ich schreie den ganzen Laden zusammen!"). Ich entschied, dass das Grün auch nicht so schlecht war; jetzt auf Flintstone wirkte es ganz schick.
„Dann steig mal auf!", kommandierte Samy.
Flintstone war eigentlich richtig gut erzogen, aber als Vorführeffekt drehte er sich zwei Schritte zur Seite, gerade als ich meinen Fuß in den Steigbügel stecken wollte. Ich wusste, dass ich das nicht durchgehen lassen konnte, klatschte Flintstone an die Schulter und sagte sehr bestimmt: „Steh still!"
Samy grinste.
Ich hatte irgendwie das Gefühl, dass ich jetzt wieder etwas falsch gemacht hatte.
„Du hast dein Pferd gerade gelobt!"
„Nein, ich habe …"
„Du hast dein Pferd getätschelt, so lobe ich meine Pferde", und er klatschte Flintstone die Schulter.
„Dann hast Du mit ihm gesprochen. In diesem Fall ist das ein Zeichen von Schwäche. Er denkt, er hat gewonnen und etwas gut gemacht."
Blitzschnell drehte Samy sich um und trat Flintstone mit dem Stiefel klatschend unter den Bauch in die Rippen.

Flintstone zuckte geschockt einen Schritt zur Seite und starrte Samy mit Untertassen-großen Augen an. Ich war ebenfalls zusammengezuckt und stand nur so da.

„DAS wäre eine angemessene Bestrafung!", sagte Samy zufrieden.

„Aber jetzt wusste er doch gar nicht wofür!", warf ich ein.

Meine vorherige Trainerin hatte mir erklärt, dass man nur zwei bis drei Sekunden Zeit hat, um eine falsche Reaktion eines Pferdes zu bestrafen oder eine gute Sache zu belohnen. Nach drei Sekunden kann ein Pferd eine reiterliche Reaktion mit seinem Handeln nicht mehr verknüpfen.

Samy grinste den immer noch geschockten Flintstone an, klopfte ihn wieder an der Schulter und meinte: „Das überlebt er schon!"

Ich ging nach dieser Aktion erneut an Flintstones Seite und steckte meinen Fuß in seinen Steigbügel. Er bewegte sich keinen Zentimeter zur Seite. Ich würde das mit den drei Sekunden wohl noch mal nachlesen müssen …

Gerade als ich anreiten wollte, rief Samy: „STOPP!"

Ich blieb brav stehen.

„Die Füße weiter in die Steigbügel, die Steigbügel machen wir auch erst mal etwas kürzer. Setz dich gemütlich in den Sattel – den Rücken nicht so übertrieben gerade, mach ihn ein kleines bisschen rund!"

„Rund?"

Hatte ich bisher immer gelernt, dass der Rücken ganz gerade sein sollte?

Samy grinste wieder.

„Was passiert bei einem Stoß, wenn die Wirbelsäule ganz gerade aufgerichtet ist?"
Muss der jede Frage mit einer Gegenfrage beantworten?
„Ähm …" Keine Ahnung. „Was denn?", fragte ich schulterzuckend.
„Es geht auf die Wirbelsäule. Wenn die Wirbelsäule ganz leicht rund ist, kann jeder Schlag besser abgefedert werden. Also mach dich ganz leicht rund, sitz nicht so verspannt! Die Zügel länger, noch länger!"
Bei meiner vorherigen Trainerin mussten die Zügel kürzer sein, da hatte ich sie immer zu lang. Ich musste durch Eindrehen der Hände mit den Zügeln spielen und dem Pferd so Impulse geben können. Jetzt sollte ich die Zügel fast bis zum Boden hängen lassen, und mussten die Zügel angenommen werden, dann musste man richtig die Arme nach hinten an den Knien vorbeiziehen, die Handgelenke sollten bei Samy auch steif bleiben.
„Bevor du losreitest, bereite dein Pferd vor! Es soll sich konzentrieren!"
Vorbereiten?
„Flintstone – WALK!", wisperte ich und fand das eine ausreichende Vorbereitung. Ich legte die Beine treibend ans Pferd, und Flintstone wollte sich gerade brav in Bewegung setzen, als Samy das Gesicht verzog und losschimpfte: „Was habe ich übers Sprechen gesagt? Warum hältst du nicht die Klappe?"
Wie redet der mit mir?
„Also …"

„Dein Pferd soll den Schädel runternehmen und sich konzentrieren. Vorher reitest du nicht! Na los, leg die Sporen ans Pferd!"
Ich legte leicht die Sporen ans Pferd.
Flintstone ging einen Schritt vorwärts.
„Nein! Hat er den Schädel runtergenommen?"
„Äh, neee …"
„Und warum belohnst du ihn dann damit, dass du die Sporen wegnimmst? Die bleiben da, bis er die richtige Reaktion zeigt!"
„Aber der denkt, er soll vorwärts gehen, und wenn ich die Sporen dann doch lasse, dann marschiert er nur schneller."
Samy wirkte ein wenig genervt und brüllte: „Wofür hast du deine Zügel?"
Gute Frage! Damit sie durch den Sand schleifen?
„Um das Pferd vorne zu begrenzen, nimm die Zügel an! Dann wird er verstehen, dass du den Schritt nach vorne nicht gemeint hast. Los steig mal ab!"
Samy schwang sich auf Flintstone, und er saß noch nicht ganz im Sattel, da stand Flintstone wie eine Eins. Den Kopf brav gesenkt, Haltung im ganzen Körper und die Ohren brav auf Samy gerichtet – volle Konzentration. Ich war verblüfft.
„Er hat seit letzter Woche nichts vergessen – braver Junge!", lobte Samy.
Flintstones Zügel hingen lang durch und Samy ritt an. Flintstone war es nicht gewohnt, so zu laufen und hob beim Gehen den Kopf wieder an. Sofort legte Samy die Sporen ans Pferd. Flintstone wurde schneller. Jetzt zog Samy die Arme hoch und schaffte es mit viel Körperaktion, die langen Zügel stramm zu bekommen. Flintstone ärgerte sich, weil

er nicht wusste, warum trotz seines schnellen Schritts immer noch Sporen an seine Rippen drückten. Er legte die Ohren an und trabte an. Samy zog stärker an den Zügeln und drückte stärker mit den Sporen, bis er wieder in den Schritt fiel. Die Zügel ließ er lockerer, aber die Sporen blieben. Erst als Flintstone im Genick nachgab, ließ Samy alles locker.
„Hast du das gesehen?", fragte Samy.
„Ja."
Bei mir dauerte es etwas länger. Flintstone war dies schließlich von mir nicht gewohnt, und dann wurde es auch noch verwirrender.
„Er soll etwas schneller im Schritt gehen!", befahl Samy.
Ich trieb ihn abwechselnd mit den Beinen vorwärts.
„WAS wackelst du so auf dem Pferd rum? Was soll das?"
„Ich treibe jeden Schritt etwas an, damit er schneller wird."
Gut, dass ich mich noch an den Reitunterricht meiner Trainerin erinnern konnte.
„Hä?"
„Das Pferdebein, dass nach vorne kommt, treibe ich, damit das Pferd …", erklärte ich gerade stolz, als mich Samy unterbrach.
„Hast du schon mal Westernturniere gesehen?"
„Ja, ich habe letztes Jahr die Reining-Weltmeisterschaften gesehen", erzählte ich stolz.
„Hast du da irgendeinen Reiter gesehen, der im Run-Down überlegt, welches Pferdebein gerade nach vorne kommt?"
So wie er das jetzt sagte, klang es wirklich albern.
„Ich denke nicht."

„Wenn der Gaul schneller werden soll, dann Beine ans Pferd, und wenn er es richtig macht, kannst du die Beine wieder wegnehmen!"
Das klang irgendwie viel einfacher als die Methode meiner ehemaligen Trainerin, auch wenn ich bei dem Ton des Trainers langsam überlegte, wer wen für die Stunde hier bezahlte.
„Versuche es noch mal! Du kannst ein Stimmkommando einsetzen. Kennst du die Stimmkommandos beim Westernreiten?"
Hallo? Ich stelle mich vielleicht gerade etwas blöd an, aber ich reite immerhin auch nicht erst seit gestern!
„Ja!" rief ich.
„Ja? Wie?"
„JA – SIR!"
Kurze Verwirrung in Samys Gesicht: „Wie lauten die Kommandos?"
„*Waaaalk* sage ich für Schritt, Schnalzen für Trab und Küsschen geben für Galopp, *Wooooww* für Anhalten", zählte ich auf; langsam war ich auch etwas genervt.
„Falsch!"
„Falsch?", wiederholte ich.
„Anhalten gibt es nicht!"
„Gibt es nicht?", wunderte ich mich laut.
„Ein Reiningpferd kennt vorwärts und rückwärts. Wenn es anhalten soll, ist das gleichbedeutend mit der Rückwärtsbewegung", erklärte er jetzt aber wieder etwas freundlicher.
„Ja, das kenne ich vom Bootfahren. Ich habe mal einen Bootsführerschein gemacht, und wenn man ein Boot stoppen will, dann muss man auch den Rückwärtsgang einlegen."

„Ähm, ja, so ähnlich. Schnalzen bedeutet für das
Pferd ´Bitte schneller´ – egal in welcher Gangart,
Küsschen geben wir nur zum Angaloppieren. Soll er
im Galopp schneller werden, schnalzen wir wieder."
„Aber ich fürchte, das versteht Flintstone nicht.
Wenn er galoppiert und ich schnalze, denkt er, er soll
traben."
Jetzt grinste Samy wieder.
„Das bringen wir ihm bei; das ist eigentlich auch
leichter für ihn zu verstehen."
Ne klar!
Das sollte ich nun ausprobieren, und wie
vorausgesagt, fiel er genau in dieser Situation in den
Trab.
„Seine Reaktion war falsch!"
Woher sollte Flintstone das wissen?
„Bisher bedeutete Schnalzen immer Trab!",
verteidigte ich mein Pferd.
„Jetzt aber nicht mehr, damit war seine Reaktion
falsch, und die Sporen bleiben am Pferd um ihm zu
zeigen, dass das nicht richtig war", befahl Samy.
Nachdem wir das auch nur ansatzweise drauf hatten,
durften wir nach Hause und hatten die Hausaufgabe,
dies zu üben.

Die Woche verlief weiterhin nach Plan. Julian blieb
zweimal über Mittag im Kindergarten, was ihm gut
gefiel; ich nutzte die Zeit, um Flintstone und mich
mit der neuen Kommandostruktur vertraut zu
machen. Am Wochenende nahm ich Julian mit in
den Stall; das abendliche Crosstraining war
anstrengend, aber gab mir hinterher immer ein gutes
Gefühl. Ich vermied tapfer alle kalorienhaltigen

Speisen. Ich konnte es schaffen – es war noch Zeit genug, und so ließ ich mich dazu hinreißen, meiner Schwester eine aufmunternde SMS zu schreiben.
„hi elena, noch 51 wochen. wie macht sich dein morgenstern? cu sandy"
Die Antwort dauerte keine Minute.
„ms macht enorme fortschritte, er ist ein naturtalent! eli"
Egal, morgen würde ich wieder zu Samy fahren, und nachdem die neuen Kommandos nun schon ganz gut klappten, würden wir sicher bald Spinns und Sliding Stopps lernen.

Flintstone und ich waren zwanzig Minuten vor dem Training in der Reithalle; ich übte bereits mit ihm, damit wir gleich einen guten Eindruck machen würden.
Pünktlich war Samy in der Halle, stellte sich an die Bande, zündete sich eine Zigarette an: „Weißt du, was ein Zirkel ist?"
Ja, hallo erst mal, ich freue mich auch, dich zu sehen …
„Ich würde sagen, ein runder Kreis!"
„Und warum reitest du dann nicht mal einen Zirkel?"
„Okay, jetzt kommt ein Zirkel!", ich versuchte, Flintstone auf einem einigermaßen runden Zirkel zu traben.
„Das ist kein Zirkel, das ist nicht mal so was Ähnliches!", entschied Samy.
Okay, vielleicht war eine Ecke drin …
„Ich versuche es noch mal."

„Und wo hat dein Gaul den Schädel? Zwick ihn mal richtig, der soll den Schädel runternehmen oder reitest du eine Giraffe – zwick ihn, na los!"
Der hatte heute sicher keinen Clown gefrühstückt. Ich tat mein Bestes, und die Stimmlage von Samy ließ sogar Flintstone unterwürfig reagieren.
„Wo sind deine Hände? Kannst du nicht mal eine Viertelrunde auf deine Hände achten?"
Sorry, ich war gerade damit beschäftigt, den Zirkel rund zu kriegen …
„Tschuldigung."
Ich versuchte, Flintstones Kopf brav unten zu halten, die Hände korrekt zu halten, leicht rund zu sitzen, den Zirkel rund zu kriegen und dann die nächste Salve.
„Anhalten!"
Ich ritt brav zu Samy zurück und blieb mit Flintstone vor ihm stehen.
„Du reitest nur!"
Was meint der mit „nur"?
„Du bist aber nicht hier, um zu reiten!"
War ich nicht?
„Du bist hier, um zu trainieren!"
Ach so, ja klar!
„Wenn du aber trainieren würdest, dann würdest du schwitzen …"
„Ja, ich schwitze schon."
„WAAAAS?", brüllte Samy jetzt völlig unbeherrscht.
„Mein ganzer Rücken ist schon klatschnass", verteidigte ich mich.
„DU SCHWITZT NICHT!"
Na, du musst es ja wissen!
„Ich sehe nicht, dass du schwitzt!"

Dann fühl doch mal meinen Rücken!
Irgendwie fand ich Samy gerade gar nicht mehr sympathisch und dachte, ob er nicht besser bei der Bundeswehr Ausbilder werden sollte oder so was in der Art. Kurz überlegte ich, ob ich ihm sagen sollte, dass ich ihn für diesen Unterricht bezahlte und nicht zu knapp, entschied dann aber doch, dass ich ihn bräuchte, gerade jetzt wo Morgenstern sich als ein so großes Naturtalent entpuppte.
„Du musst aktiver auf deinem Pferd werden. Reiten ist Sport!"
Keine Ahnung, was er mit ´aktiver´ meinte.
„Also noch mal, und sei aktiver!"
Ich gab mein Bestes. Der nächste Zirkel war wirklich rund – kein Mathematiker hätte etwas anderes beweisen können. Um Flintstones Kopf runter zu bekommen, legte ich die Sporen an, Flintstone wurde schneller, ich ließ sie Sporen dran und ruderte die Arme weit nach hinten, um die Zügel anzunehmen. Dann Angaloppieren, Sporen dran, damit der Kopf runterkommt, Schnalzen, damit er schneller galoppiert, sofort Sporen, weil er in den Trab fallen wollte und auf die Hände achten, den Zirkel rund und jetzt zurück in den Trab, ja, das war gut …
Am Halleneingang tauchte einer von Samys Trainern mit einem jungen Painthorse auf. Ich spähte kurz herüber, und schon befand ich mich wieder unter Beschuss.
„WAS WAR DAS? WAS machst du da?"
„Ich habe nur kurz geguckt, wer da in die Halle kommt."

„Es ist schon schlimm genug, dass dein Pferd da hingucken muss, aber wenn du dich nicht mehr konzentrierst, kannst du das von deinem Pferd doch auch nicht verlangen!"
Ob er bei der Bundeswehr wegen Grobheit rausgeflogen war?
Die Reitstunde war eigentlich schon um, aber fertig war Samy mit uns wohl noch nicht. Ich jedenfalls war ziemlich frustriert und dachte gerade darüber nach, ob ich das Reiten nicht lieber den Profis, also so Leuten wie Samy und meiner Schwester überlassen sollte. Ich könnte Step-Arobic machen oder vielleicht sollte ich mir ein Fahrrad kaufen. In ein, zwei Jahren würde Julian auch Radfahren, dann könnte ich gemeinsam mit ihm durch die Gegend brausen.
Ich ging alles noch mal durch: Hände, Zirkel rund und so weiter.
Der andere Trainer ritt mit dem jungen Paint an uns vorbei.
Ich konzentrierte mich voll und ganz auf mich und auf Flintstone. Selbst Flintstone war vollends auf seine Gangarten und auf mich konzentriert. Ich hatte das Gefühl, dass wir noch nie ein so gutes Team waren. Er galoppierte mit tiefem Kopf und aufgewölbten Rücken einen perfekten Zirkel, und bei mir stellte sich gerade wieder ein Hochgefühl ein.
„Samy, das war aber doch wirklich gut, oder?", versuchte ich, die Stunde noch irgendwie positiv enden zu lassen und Samy mit uns Anfängern zu versöhnen.
„Es wäre gut gewesen, wenn du deine Klappe gehalten hättest. In dem Moment, wo du reden

musstest, war nicht nur deine, sondern auch die Konzentration deines Pferdes weg. Du kannst nicht von deinem Pferd verlangen, sich dann weiter zu konzentrieren. Wenn du redest, hat dein Pferd auch Pause! Verstanden?"
Step-Arobic wäre gut – mit so cooler Musik ...
Ich sagte nichts und verzog nur die Lippen.
„Ich will noch eine Runde sehen – diesmal ohne Quatschen, dann habt ihr Feierabend."
Er bekam die Runde; ich war überrascht, wie willig Flintstone galoppieren konnte. Egal, was Samy sagte, ich und Flintstone wir hatten heute einen gewaltigen Fortschritt gemacht.
„Gut gemacht – Feierabend!", grinste Samy wieder so breit, wie am ersten Tag.
Ob wir diese Fortschritte gemacht hätten, wenn er sich so freundlich, geduldig und respektvoll wie meine vorherige Trainerin verhalten hätte? Nein, das hätte ich bei ihr in einem ganzen Monat Training nicht hinbekommen.
Ich stieg ab, führte mein Pferd zum Hallenausgang. Samy klopfte mir auf die Schulter. Nett war er heute nicht gewesen, und zwischendurch hatte es auch nicht viel Spaß gemacht, aber das Hochgefühl, das ich jetzt empfand, war jeden Schweißtropfen wert.

Auf dem Nachhauseweg piepte mein Handy und teilte mir mit, dass ich eine neue SMS erhalten hatte. Ich widerstand der Versuchung, sofort nach meinem Handy zu greifen, sondern wartete, bis ich aus dem Ort raus war und eine gerade Landstraße vor mir hatte. Mit dem Pferdehänger hinterm Auto und einem Handy in der Hand war ich leicht überfordert.

Es war eine SMS meiner Schwester: „gerade war dressurtrainerin da, super training, morgenstern klasse, trainerin sehr zufrieden mit uns, lg elena."
Ich hielt mit einem Auge so halb die Straße im Blick und tippte zurück: „bin auf rückweg von meinem trainer, ebenfalls super training, trainer auch sehr zufrieden mit uns, lg sandy"
So ganz die Unwahrheit war das ja nicht …

In der nächsten Woche ging ich ein weiteres Problem an: Flintstone von der Wiese holen. Das Anfüttern mit Brötchen musste ein Ende haben. Ich fand, es war an der Zeit, dass er zu mir kam, weil ich, seine Chefin, ihn rief.
„Fliiiintstone!", rief ich; alle Pferde auf der Wiese hoben die Köpfe, um sie nach kurzer Überlegung wieder zu senken. Einschließlich meines Pferdes. Es wartete offensichtlich lieber auf die Brötchentüte. Hmmmm … Die Wiese war viereckig und lief oben zum Ausgang schmaler zu. Die sieben Pferde waren über die ganze Wiese verteilt; ich wusste, dass Flintstone das ranghöchste Pferd war, was die Sache nicht einfacher machte, da die Gruppe dem ranghöchsten Pferd folgen würde. Mit einem dicken, griffigen Strick bewaffnet, marschierte ich auf die Wiese.
Flintstone stand im unteren Bereich.
Ich trieb die Pferde nach oben zum Ausgang hin und achtete darauf, dies weit genug von Flintstone zu tun. Ich wollte sie in der oberen Hälfte haben, die schmaler war. Den meisten Pferden war es egal, welches Gras sie fraßen. Insofern ließen sie sich brav nach oben treiben. Einzig ein schwarzer Friese

zischte verspielt an mir vorbei und lief Richtung Flintstone.
Ich machte einen großen Bogen, um den Friesen von hinten nach vorne zum Ausgang zu den anderen Pferden jagen zu können.
Flintstone ignorierte mich zuerst wie gewohnt, hob dann irritiert den Kopf. Als die Pferdeherde immer weiter Richtung Ausgang trottete, während ich von rechts nach links lief, um kein Pferd zurückzulassen, entschied Flintstone, dass er alleine auch nicht da unten bleiben wollte und galoppierte uns hinterher.
Jetzt waren die Pferde am oberen Ende der Wiese angekommen und nutzten die Gelegenheit, sich an den Tränken zu erfrischen.
Flintstone kam näher und fiel zurück in den Trab. Ich ging ihm entgegen und wedelte mit dem Strick. Irritiert blieb Flintstone stehen.
Ich drehte mich um und bemerkte aus dem Augenwinkel, dass Flintstone mir folgen wollte.
Ich drehte mich ruckartig um, klatsche ihm den Strick an die Brust.
Er schreckte zurück und wollte einen Bogen um mich laufen, aber ich sprintete zu ihm hin und schnitt ihm abermals den Weg zu seiner Herde ab. Der Strick traf ihn am Hals, er ärgerte sich und schüttelte seinen Hals. Ich schmiss die Arme in die Luft und jagte ihn weg.
Er galoppierte wieder etwas die Wiese hinunter, prustete vor Wut und nahm einen neuen Anlauf, um an mir vorbeizulaufen. Er sah entschlossen aus, wollte nicht, dass ich ihn von seiner Herde ausschloss und wegjagte.

Ich griff schnell nach einem langen Stock, der vor mir auf der Wiese lag. Natürlich wusste ich, dass mir eher die Kondition ausgehen würde, als ihm, und als Verlierer wollte ich auch nicht aus diesem Spiel gehen, also wartete ich auf ein Zeichen, dass Flintstone nachdachte. Nun streckte ich ihm die Hand hin. Es war eine Einladung, er konnte zu mir kommen. Er nahm die Einladung nicht an und startete erneut in Richtung Pferdeherde. Er hätte es fast vorbei geschafft, ich musste ihm mit dem langen Stock vor die Brust klatschen und wedelte dabei noch mit dem Strick. Er drehte sich um und lief prustend die Wiese wieder etwas runter, schüttelte dabei seinen Hals, buckelte und kam wieder an. Drohend wedelte ich mit dem Strick und hielt den Stock hoch.
Flintstone blieb stehen und fixierte mich.
Ich drehte mich wieder etwas ab, vermied es, ihn anzuschauen und rief ihn. Seitlich über die Schulter konnte ich sehen, wie er seine Herde betrachtete, dann mich.
Er senkte seinen Kopf etwas und trottete auf mich zu. Etwa einen halben Meter vor mir blieb er stehen und wartete.
Ich säuselte möglichst beruhigend: „Goooood boy", und legte ihm den Strick um den Hals. Nun führte ich ihn zu seiner Herde und ließ ihn dort wieder los. Das Training für ihn fiel an diesem Tag aus, während ich schweißgebadet beobachtete, wie die Pferde sich zum Teil wieder langsam in den unteren Teil der Wiese bewegten.

Zwei Tage später wollte ich wieder zu Samy fahren. Ich betrat die Wiese und rief: „Fliiiiintstone!"
Alle Pferde hoben die Köpfe, senkten sie wieder und grasten weiter.
Grrrr! Ich umklammerte das Halfter und stapfte Richtung Flintstone, der jedoch ziemlich weit unten auf der Wiese stand. Als ich auf halben Weg war, hob Flintstone den Kopf und schritt auf mich zu, ließ sich problemlos halftern und von der Wiese führen. Ein erster Erfolg – immerhin.

Ich war eine gute halbe Stunde vor dem Trainingsbeginn in Samys Halle und ließ Flintstone auf einem ganz korrekten, runden Zirkel genau durch die Mitte in langsamen Schritt schlurfen. Nach fünf oder sechs Runden hielt ich an und guckte mich um.
Ja, das war ein schöner, vorgespurter Zirkel, an dem wir uns dann später orientieren konnten.
Ich ließ Flintstone weiterhin im Schritt gehen, übte mit ihm die Kopfhaltung und schön rund auf dem Zirkel gehen.
Als Samy die Halle betrat, kommandierte er sofort: „Dann trab ihn mal an!"
Wir trabten wunderschöne Zirkel auf unserem vorgespurten Weg.
„Er soll den Kopf noch tiefer nehmen, den Rücken mehr aufwölben, die Sporen mehr dran! Na los, die Sporen mehr dran!"
Ich legte die Sporen ans Pferd. Als Flintstone schneller wurde, nahm ich die Zügel an.
„Mehr Sporen!"
Ich habe aber nur zwei!

Ich sagte nichts wegen der Konzentration und so.
„Anhalten!", befahl Samy und kam auf uns zu.
„Hast du Angst, dass du deinem Pferd weh tust?"
„Ich habe die Sporen schon ins Pferd gedrückt!"
„Das hast du nicht!"
„Doch habe ich wohl!"
Samy nahm meinen Fuß, drehte den Sporen Richtung Pferd und rammte meinen Fuß in Flintstones Seite.
Flintstone machte einen Hopser zu Seite und ich ein „Huch".
„Warum quietschst du?"
Ich bin eine Frau – wir quietschen eben schon mal …
„Ich habe mich nur erschrocken!"
„Hast du Angst, dass du vom Pferd fällst?", fragte er mit einem Grinsen.
Ein bisschen …
Ich traute ihm zu, dass er es hinbekommt, mich vom Pferd fallen zu lassen und anschließend fragt: „War das jetzt so schlimm?"
„Nein, natürlich habe ich keine Angst, vom Pferd zu fallen, aber mein Pferd denkt doch jetzt, ich hätte es ohne Grund mit dem Sporen getreten!"
„Steig mal ab, ich will dir was zeigen!"
Ich schwang mich vom Pferd.
Auf der Zuschauerbank saßen wieder die beiden Frauen und hatten wohl nichts Besseres zu tun, als mir zuzusehen.
Samy stieg auf, setzte sich zurecht und sagte: „Gib mir deine Hand!"
Ich bemerkte, dass die beiden Frauen grinsten. Hatte das was zu bedeuten?

Ich reichte ihm meine Hand. Er schob sie zwischen Pferdebauch und seinem Sporen. Dann drückte er leicht zu.
„Ja, tut nicht weh!", bemerkte ich und schaute zu den Frauen, die aus irgendeinem Grund immer noch grinsten.
Nun drückte Samy plötzlich richtig fest zu. Ich spürte schmerzhaft die Zacken seiner Rädchensporen in meiner Hand. Ich rief: „Ahhgr…, das tut weh!" Ich sackte in den Knien ein und versuchte, meine Hand frei zu kriegen.
Er ließ locker.
Ich rieb mir die immer noch schmerzende Hand, während ich mich fragte, ob der Kerl noch alle Tassen im Schrank hatte.
„Tat das weh?", forschte er mit einem richtig gemeinen Grinsen.
„Ja", erwiderte ich kurz und grantig.
„Auf der anderen Seite habe ich genauso stark gedrückt. Hat dein Pferd auch nur gezuckt?"
Das konnte ich nicht sehen, ich hatte vor Schmerz die Augen geschlossen.
„Wahrscheinlich nicht", knurrte ich immer noch unversöhnlich.
„Siehst du, wenn es dir schon weh tut, dann macht das deinem Pferd noch lange nichts aus – so empfindlich ist er nicht. Du kannst ruhig mal zupacken."
Blödmann! Meine Hand tat richtig weh.
„So, jetzt pass mal auf!", verkündete er fröhlich und trabte Flintstone an.
Er trieb ihn mit den Sporen ins Gebiss und zog dabei den Kopf hinter die Senkrechte. Flintstone

kämpfte dagegen an. Samy zwang Flintstones Nase fast auf seine Brust. Das gefiel mir nicht.

„Samy? Die Nase ist hinter der Senkrechten, so sollte er doch auch nicht gehen, oder?"

„Training heißt auch manchmal etwas übertreiben!", erklärte er mir daraufhin „Wenn ich hier im Training 75 Prozent so reite, ist es auf einem Turnier sowieso 25 Prozent weniger. Dann hätte ich nur noch 50 Prozent. Im Training übertreiben wir deshalb öfters auch mal etwas. Reite ich im Training 125 Prozent, habe ich auf dem Turnier 100."

Westernreiten erwies sich als ziemlich mathematisch – Zirkel, Prozentrechnung … Was kam wohl noch? Dennoch störte es mich immer noch, wie der arme Flintstone laufen musste.

„Und woher weiß er, wo er hinläuft? Er kann doch gar nicht nach vorne gucken", für mich war das Thema noch nicht abgeschlossen.

„Woher weiß dein Auto, wo es hinfahren muss?"

„Beim Auto gucken die Scheinwerfer nach vorne!"

Er stierte mich unverständlich an. „DU lenkst das Auto, und das solltest du auch mit deinem Pferd tun. Es ist die Aufgabe deines Pferdes, sich von dir lenken zu lassen."

„Okay, die Antwort hätte ich als Nächstes geraten." Samy stieg ab und ich wieder auf.

„Nimm die Zügel mehr an – na los, mehr Zügel! Wo sind die Sporen?"

Wo sie immer sind, an meinen Füßen!

Ich hielt meinen Mund und legte die Sporen leicht an.

Samy brüllte sich gerade wieder in Rage: „Du kannst doch bei deinem Auto auch nicht die Handbremse ziehen, ohne Gas zu geben!"
Hä? Ich hielt an, um mit ihm zu kommunizieren, denn jetzt war mir gerade einiges unklar. „Kann ich nicht?"
„Nein, kannst du nicht, dann wird das Auto doch langsamer!", motzte er, als wäre das eine völlig überflüssige Erklärung.
„Ich dachte, das wäre der Sinn einer Bremse …", versuchte ich es vorsichtig.
„Wenn du die Zügel annimmst, musst du die Beine dranmachen, sonst wird dein Pferd langsamer, und das soll es doch nicht!", redete er jetzt sogar für mich Klartext in jedoch sehr ungeduldigem Ton.
„Ach so!", bestätigte ich und fügte hinzu: „Aber das Beispiel mit dem Auto war trotzdem blöd!"
„WAAAS?"
Eigentlich wusste ich schon, was ihn zur Weißglut treiben konnte. „Na ja, mein Auto ist sowieso schon ständig in der Werkstatt; wenn ich Handbremse und Gas gleichzeitig betätige, dann muss es doch gleich wieder hin."
… und wenn ich in der Werkstatt erklären muss, wie es passiert ist, dann heißt es „Frau am Steuer"…
Ich war froh, oben auf Flintstone zu sitzen. Samy wirkte, als wolle er mich erwürgen. Ich trabte schnell wieder auf den gespurten Zirkel.

Die nächste Woche war stressig. Julian kam auf die Idee, mit seinem Bobbycar die Kellertreppe runterzufahren, und während dem Weg abwärts entschied das Bobbycar, das es auch mal oben sein

wollte. Ich packte den schreienden Julian in eine Decke und fuhr sofort ins Krankenhaus. Als ich sagte, er sei mit einem Bobbycar die Kellertreppe runtergefahren, wurde ich behandelt wie eine Kinderschänderin. Wie eine Rabenmutter fühlte ich mich ja sowieso schon, aber die Nachfragen, Blicke und das Verhalten des Arztes und der Schwestern zeigten mir, dass sie erst mal annehmen, ich hätte mein Kind verprügelt oder sowas in der Art. Ich wollte Julians Hand halten, wurde jedoch zur Seite gedrängt und kam mir sehr hilflos vor.
Vorsichtig wurde Julian ausgezogen und untersucht. Er hatte jedoch nicht mal einen blauen Fleck und auch das Weinen eingestellt. Nachdem der Arzt sich davon überzeugt hatte, dass Julian keine älteren Flecke oder irgendwelche Anzeichen von Verletzungen aufzeigte, ließen sie mich wieder an seine Seite.
Zur Vorsicht sollte Julian eine Nacht im Krankenhaus bleiben.
Die Schwester fragte: „Bleiben Sie bei dem Kind?"
„Ja, denken Sie vielleicht, ich lasse mein dreijähriges Kind jetzt hier alleine, gehe nach Hause und setze mich vor den Fernseher?", pampte ich unfreundlicher, als ich wollte, zurück.
„Sie wissen ja nicht, was wir hier alles erleben", erklärte sie jetzt allerdings freundlich und erleichtert.
In das Krankenzimmer wurden zwei Betten gestellt; ich schob sie sofort zusammen.
Frank brachte uns noch ein paar Sachen für die Nacht.
Julian schlief eng an mich gekuschelt ein.

Den Rest der Woche schaffte ich es ebenfalls nicht zum Reiten. Ich holte Julian jeden Mittag im Kindergarten ab und verbrachte den Tag mit ihm. Wir kauften gemeinsam ein, spielten viel und brachten Flintstone ein paar Möhren und Äpfel. Ich hatte das Gefühl, ich würde die Wette mit meiner Schwester zu ernst nehmen.

Eigentlich wollte ich das nächste Training mit Samy auch absagen, da ich überhaupt nicht geübt und Flintstone nur auf der Wiese gestanden hatte. Aber dann fragte zum einen die Nachbarin, ob Julian nicht noch mal zum Spielen mit ihrer Tochter rüberkommen wollte, was Julian sofort mit „JAAAA, bitteeee Mama!" beantwortete, und zum anderen las ich folgende SMS auf meinem Handy: „hi sandy, trainerin sagt ms koennte es bis ganz nach oben schaffen, bin so stolz auf meinen schatz. kann fs schon dieses rutschen im Sand? eli"

Grrrr, nein! Sliding Stopps konnte fs (Flintstone) noch nicht!

Ich schrieb zurück: „nein, wir lernen erst noch etwas hoehere mathematik, dann kommen die sliding stopps. sandy"

Prompt kam die Antwort: „wollt euch wohl die gewinnchancen etwas besser rechnen, gell?"

Ich fuhr also mit Flintstone zu Samy, war eine Viertelstunde früher da und spurte mir wieder unseren Zirkel im Sand. Ich ließ ihn nur Schritt gehen sowie langsam traben, damit er beim Training nicht schon müde war und stellte ihn möglichst gut ein.

Nun kam Samy texanisch grinsend in die Halle.
Damit seine Erwartungen an unsere Steigerungsrate nicht so hoch lagen, beichtete ich vorsichtig: „Wir hatten seit dem letzten Mal nicht so viel Möglichkeiten, um zu üben." Was ja noch zu hundert Prozent übertrieben war.
„Ja, dann galoppiert mal an!"
Schritt und Trab waren für Reiningreiter offensichtlich Pipikram – Reiningpferde sind Galopppferde.
Wir galoppierten an, es fühlte sich gut an. Ich war locker und Flintstone fleißig.
„Nimm die Zügel in eine Hand!", rief Samy.
Ich nahm sie in eine Hand. Flintstone galoppierte brav auf dem Zirkel weiter. Ich kam mir vor, wie Luky Lucke.
„Und jetzt ganze Bahn!", entschied Samy.
Ich legte am unteren Teil des Zirkels das Bein an, da Flintstone sich gerade auf dem Zirkel so gut eingependelt hatte. Die Zügel legte ich leicht an den Pferdehals, und als ich bemerkte, dass Flintstone wie in Trance weiter den Zirkel galoppieren wollte, drückte ich mit dem Sporen etwas. Flintstone wirkte verwundert; wir ritten einen unschönen Bogen, bevor wir uns auf dem Hufschlag einpendelten.
„Anhalten"
War klar!
„Warum hast du nicht mit dem Sporen gezwickt, als er nicht vom Zirkel wollte?"
„Als ich merkte, dass er nicht reagiert, habe ich den Sporen angelegt, um ihm zu zeigen, dass ich wirklich auf die ganze Bahn will – er war etwas verwirrt darüber …"

„Steig mal ab!"
War auch klar!
Samy trieb Flintstone an und ritt im Schritt im kleinen Kreis um mich herum.
„Wenn du die Zügel an Flintstones Hals legst, dann soll Dein Pferd darauf reagieren - sofort. Wenn er nicht reagiert, kommt der Sporen!"
Samy piekte Flintstone, der sofort eine halbe Hinterhandwendung machte. Samy schrie fast: „Er ist nicht verwirrt. Er ist nur faul. Und wenn der dein Kommando ignoriert, dann heißt es sofort ´DU ARSCH, ICH HABE EINE REAKTION ERWARTET!'" Wieder piekte Samy, als Flintstone den Zügel an seinem Hals nicht verstehen wollte. Nach ein paar Wiederholungen war Flintstone offensichtlich auf die leichte Zügelberührung an seinem Hals gepolt. Er reagierte sofort.
„Wie meinst du, coacht man ein Pferd, sodass es auf leichte Signale und feine Hilfen reagiert?"
Ich zuckte die Schultern: „Sag du´s mir!"
„Alle denken immer, indem man dem Pferd sanft und vorsichtig diese Hilfen beibringt, und dann wundern sie sich, dass es nicht funktioniert. Nein, ein Pferd reagiert nur auf feinste Hilfen, wenn es damit rechnen muss, dass der Sporen zwickt, sobald es nicht auf die feine Hilfe anspringt. Wir geben ihm die Chance, auf ein leichtes Zügelanlegen oder eine sanfte Beinhilfe zu reagieren, aber wenn er keine Strafe bei Missachtung zu erwarten hat, dann wird er diese sanfte Hilfe auch nicht ernstnehmen."
Ich ritt also wieder und zwickte Flintstone, wenn er nicht reagieren wollte. Nach kurzer Zeit reagierte

Flintstone wirklich auch bei mir fein auf das Anlegen der Zügel.

„Jetzt ist es besonders wichtig, dass du auf deine Hände achtest und die Zügel nicht ungewollt an den Pferdehals kommen!", betonte Samy, während ich ganze Bahn galoppierte.

Nach zwei Runden streckte er den Arm aus und rief: „Jetzt wieder auf den Zirkel!"

Aber irgendwie stand er mitten auf meiner gespurten Loipe.

Was sollte ich jetzt tun? Ich ritt also einen Bogen und beschloss, von der anderen Seite auf den Zirkel zu reiten.

„WAS MACHST DU?"

„Ähm …, zurück auf den Zirkel?"

„HABE ICH WAS VON RICHTUNG WECHSELN GESAGT?"

„Nicht direkt, aber …?"

„Was musst du reiten, wenn du im Galopp die Richtung wechselst?"

Ha, das wusste ich!

„Einen fliegenden Galoppwechsel!"

„UND? Kannst du das?"

„Ich bin mir nicht sicher, aber Flintstone kann das …"

„Dass dein Pferd das kann, weiß ich, das habe ich schon mit ihm geritten, aber du bist noch nicht soweit! Warum reitest du nicht einfach wieder auf den Zirkel?"

„Weil du im Weg gestanden hast!"

Jetzt muss man sich dieses verständnislose Kopfschütteln vorstellen, als wenn bei mir Hopfen und Malz verloren wäre.

„DU wolltest wieder auf DEN Zirkel, den ihr kennt, richtig?"
„Ja, klar!", gab ich ehrlich zu.
„Dann sag ich dir mal was: Die Halle ist groß, hier kann man mehrere Zirkel reiten!"
… mag sein, aber die habe ich mir mit Flintstone nicht vorgespurt.
Also ritten wir für den Rest der Stunde Zirkel an verschiedenen Stellen, vom Zirkel wieder auf die ganze Bahn und von dort an einem von Samy vorgegebenen Punkt wieder auf den Zirkel. Es klappte erstaunlich gut.
Samy wirkte diesmal sogar ein wenig zufrieden mit mir und Flintstone. „Auch wenn ihr nicht viel trainiert habt, die Male, die ihr trainiert habt, habt ihr sehr konzentriert gearbeitet!"
Ja, die Viertelstunde vor dem Training waren wir sehr konzentriert!

Kapitel 5: Tiefschlag

Wenn bei mir im Leben in einem Bereich gerade etwas mal gut läuft, gerät irgendwo anders etwas total aus dem Ruder. Das war schon immer so; irgendwie war es sogar Familientradition. Wir Bertanis musste immer für alles hart arbeiten und kämpfen, aber wir gaben nie auf.
Mit Flintstone und Samy schien es also gerade von Mal zu Mal besser zu klappen, Julian blieb gerne über Mittag im Kindergarten und ich hatte schon einige Pfund abgenommen. Nur im Job lief es nicht so rund. Bei uns im Labor musste gespart werden. Seit einiger Zeit ging es dort bereits gröber zu zwischen unserem Vorgesetzten und uns Mitarbeitern. Heute sollte ich in das Büro meines Chefs kommen.
„Danke, dass du sofort kommen konntest, Sandra", sagte Ingo, mein Chef. Wir duzten uns alle im Labor, egal, ob alter Hase oder Auszubildender.
Ingo war gute zehn Jahre älter als ich. Seine Haare hatten bereits damit begonnen, sich auf andere Körperregionen zurückzuziehen. Sein Kopf war nur noch gesäumt von ein paar letzten Resten, die er kurz hielt. Sein Gesicht blieb immer freundlich, auch wenn er weniger freundliche Dinge mit uns besprach. Er gehörte zu der Sorte von Chefs, die bei negativen Mitteilungen selbst so rumjammerten und bedauerten, dass sie es sich ja auch anders vorgestellt hätten, aber leider leider sei es jetzt so gekommen …
Da ich Ingo kannte, spürte ich, dass trotz lächelndem Gesicht offensichtlich wieder Zeit für

eine schlechte Nachricht war – vielleicht neue
Einsparungen oder so etwas in der Art.
„Was gibt´s Ingo?"
Ingo setzte eine traurige Miene auf und lächelte mich
mitleidig an. „Wie du ja sicher weißt, ist unser
Unternehmen mehr und mehr in wirtschaftliche
Zwänge verstrickt, und wir müssen schmerzhafte
Einschnitte im Forschungsbereich hinnehmen."
„Also keine Gehaltserhöhung und kein neuer
Snackautomat?", scherzte ich.
„Nein, leider nicht …", und er begann, sich etwas zu
winden, was mich nun doch leicht beunruhigte.
„Es ist so, dass ich gezwungen bin, mein Team zu
reduzieren. Ich muss mich von zwei Mitarbeitern
trennen."
Ich spürte so eine unangenehme Hitze im Nacken.
War das der Anflug von katastrophaler Befürchtung?
„… also ich muss dir leider mitteilen, dass du eine
von diesen Mitarbeitern bist. Ich bedaure dies sehr;
ich habe hin und her überlegt …"
Ein Gefühl von böser Gewissheit schupste die
katastrophale Befürchtung weg und stach mir
schmerzhaft ins Herz.
Ingo verstummte nun und guckte mich
mitleiderregend an. „Es tut mir wirklich sehr leid …"
„Warum hast du dich für mich entschieden?", fragte
ich jetzt wie in Trance.
„Also, es ist mir echt nicht leicht gefallen, ich habe
mehrere Nächte nicht schlafen können, aber die
Wahl ist nun mal auf dich gefallen."
„Meine letzten Beurteilungen waren hervorragend.
Du hast ständig meine Arbeit gelobt, warum trifft es
mich? Ich bin seit zehn Jahren hier. Du konntest

dich immer auf mich verlassen. Es gibt Mitarbeiter, die nach mir gekommen sind, die schlechter arbeiten und unverlässlicher sind. Warum also ich? Darüber bin ich etwas verwundert."
„Also so kann man das nicht sehen."
„Wie muss ich es denn sehen?"
„Na ja, ich musste entscheiden, wer bleiben darf. In der nächsten Zeit erhalte ich keine neuen Mitarbeiter, deswegen muss ich sicher sein, dass ich mich auf die Leute, die ich habe verlassen kann und …"
„Und auf mich konntest du dich irgendwann nicht verlassen?", fragte ich jetzt angesäuert.
„Na ja, die Sache ist die, dass du in einem Alter bist …"
„Hä? In was für einem Alter bin ich bitte?"
„Du hast ein Kind, und falls du ein weiteres Kind haben möchtest, wirst du es sicher in den nächsten ein bis drei Jahren bekommen …"
„HALT, weil ich EIN Kind habe und die Gefahr besteht, dass ich noch ein Kind bekomme, werde ich gekündigt?" Ich wurde etwas lauter, als ich wollte.
„So wie du das jetzt sagst, klingt es … Wie soll ich sagen …"
Ich ging im Kopf meine Kollegen durch, strich die männlichen Kollegen weg, die Kolleginnen weit über vierzig und die Auszubildenden. Marion, Frauke und Katrin blieben übrig. Frauke machte keinen Hehl daraus, dass sie lesbisch war und mit einer Frau in einer Beziehung lebte. Katrin betonte immer, dass sie Kinder hasse. Marion hatte bereits zwei Kinder.

„Du sagtest, du müsstest dich von zwei Mitarbeitern trennen. Ich nehme mal an, dann ist der zweite Mitarbeiter auch eine Frau im gebärfähigen Alter."
„Sandra, ich bitte dich …"
„Ich frage mich nur, bei welchen Kolleginnen du eine Babypause am wahrscheinlichsten findest. Wer muss noch gehen?"
„Oh, du verstehst sicher, dass ich zuerst mit der Kollegin sprechen möchte, sie soll es von mir erfahren und momentan ist sie …"
„Im Urlaub? Also Marion? Da hätte ich sicher eine andere Baby-Risiko-Rechnung aufgestellt, aber nun gut. Dann gehe ich erst mal an die Arbeit, solange ich noch eine habe." Ich drehte mich wütend um.
„Sandra, es tut mir wirklich leid."
„Ja, ich weiß."
„Es ist so, dass Labormitarbeiter im Falle einer Kündigung nicht mehr zurück ins Labor dürfen. Du arbeitest in einem Sicherheitsbereich. Du bist ab sofort beurlaubt. Natürlich erhältst du noch für die nächsten drei Monate dein Gehalt, aber du kannst hier nicht mehr arbeiten."
Ich weiß nicht, was mich mehr getroffen hatte. Die Nachricht der Kündigung oder die Anweisung, nach Hause zu fahren und das Verbot, an meinen Arbeitsplatz zu gehen.
Mir war schwindelig. „Ich darf aber meinen Spint ausräumen oder kann ich dabei auch lebensbedrohliche Erreger klauen?"
„Nein, natürlich weiß ich, dass ich mich immer auf dich verlassen konnte und es ist wirklich nicht leicht für mich. Es sind halt nur die Bestimmungen …"
„Ich kann also meinen Spint ausräumen?"

„Äh, ja natürlich."

Ich ging wie eine Schlafwandlerin ins Labor und konnte nicht ganz begreifen, dass dies nicht mehr mein Arbeitsplatz war.
Am Kaffeeautomat stand Frauke; als sie mich sah, kam sie mit einer Tasse Kaffee zu mir rüber.
„Hey Sandra, was ist los? Du siehst schlecht aus."
„Ich bin gerade gekündigt worden."
„Ja klar!", lachte Frauke in ihrer extrovertierten Art. Ich lachte nicht mit.
Sie verstummte und guckte mich geschockt an. „Das war kein Scherz?"
„Macht man mit sowas Scherze?"
„Warum bist du gekündigt worden?"
„Wirtschaftliche Schräglage des Unternehmens."
„Und warum werfen die dann nicht den Schneider raus? Der ist mit Reagenzglas doch für alle nur eine Gefahr. Oder den Krunegel, der kriegt überhaupt nichts auf die Reihe …"
„Die können aber nicht schwanger werden", erläuterte ich kalt.
„Was? Das darf doch nicht wahr sein, das glaube ich nicht! Du bist eine von den Besten hier – wie kann man dich gehen lassen?"
„Weil das Risiko besteht, dass ich noch ein zweites Kind bekommen könnte – nicht, dass mich vorher jemand gefragt hätte, ob ich wirklich noch eines will."
„Aber es gibt doch andere Frauen hier, die noch Kinder kriegen könnten."
„Wen?", ich nahm ihr den Kaffee aus der Hand und trank einen Schluck.

„Na, Katrin zum Beispiel."
„Katrin hasst Kinder." Ich gab Frauke die Tasse zurück.
„Marion?"
„Ja, das wäre sicher auch eine mögliche Kandidatin …"
„Oder ich zum Beispiel."
„Du bist eine Lesbe."
„Wieso? Lesben können gute Mütter sein, und eigentlich möchten Elfi und ich auch ein Kind."
„Dann setze doch einfach die Pille ab, aber lass es Ingo nicht wissen."
„Du nimmst mich irgendwie nicht ernst, oder? Ich liebe zwar eine Frau, aber für ein Kind würden wir auch Opfer bringen, und wenn dies einen One-Night-Stand mit einem Mann bedeuten würde."
„Opfer bringen? One-Night-Stand? Ok, Frauke …, ich muss jetzt mal meinen Spint ausräumen. Das ist mir jetzt alles irgendwie etwas zu verwirrend."
Frauke umarmte mich plötzlich. „Sandy, du wirst mir fehlen."
„Man sieht sich sicher", tröstete ich.

Als ich meinen Schrank fast ausgeräumt hatte, stand Katrin neben mir. Sie war eine schöne, schlanke, dunkelhaarige Frau mit beherrschten, fast kalten Zügen.
„Frauke hat es mir gerade erzählt."
„Ja, für mich geht eine Ära zu Ende. Zehn Jahre war dies irgendwie ein soziales Zuhause für mich."
„Du hast eine Familie und ein Kind. Du wirst über die Kündigung hinwegkommen."

„Ich habe hier trotz Familie und Kind gearbeitet, weil ich gerne hier war und weil ich eben nicht nur Hausfrau und Mutter sein wollte." Es klang vielleicht ein wenig pampig, aber da ich es war, die gekündigt worden war, hatte ich auch mal Anspruch auf Stimmungsschwankungen, befand ich soeben.
„So habe ich das nicht gemeint", Katrin war verlegen.
„Schon gut – sorry."
„Ich meine doch nur, dass Familie sicher auch Kraft gibt in solchen Situationen."
„Du meinst mit Familie, diesen Klotz am Bein bestehend aus einer einengenden Beziehung zu einem Mann, der sich im Laufe der Beziehung immer mehr gehen lässt, und einer Nervensäge von Kind. Kein Ausschlafen am Wochenende mehr, keine Diskobesuche, keine Freiheit … Waren das nicht deine Worte?"
„Ja, das war vor meinem Autounfall im letzten Jahr. Mit dem Tod vor Augen, hatte ich Zeit, im Krankenhaus nachzudenken. Man ändert sich."
„Ja, das wird sicher so sein", ich stopfte eine Strickjacke aus meinem Spind, die ich zu Hause schon gesucht hatte, in meine Tasche. Den Reißverschluss würde ich nicht mehr schließen können.
„Ich habe einen neuen Freund seit einigen Wochen; ich denke, es könnte was Ernstes werden."
Unter anderen Umständen würde ich ihr jetzt wahrscheinlich um den Hals fallen und mich mit ihr freuen, aber ich stopfte die Strickjacke und versuchte, den Reißverschluss der Tasche zu schließen.

„Tut mir leid. Ich quatsche dich mit meiner neuen Beziehung voll und du bist gerade gekündigt worden."
„Schon gut, ich freue mich für dich und wünsche dir viel Glück."
„Eduard will auch unbedingt Kinder."
Eduard – buah, was ist das für ein Name?
Ich ließ den Reißverschluss offen, schulterte die Tasche und drehte mich zu ihr um.
„Katrin, sage hier niemanden, dass du an Kinder denkst und schon gar nicht Ingo. Behalte es für dich und den Namen deines Freundes besser auch!"
Damit ließ ich sie stehen. Ich verabschiedete mich noch von ein paar Kollegen und verschwand dann eilig, weil es weh tat.
Daheim schmiss ich die Tasche erst mal in den Flur. Machte mir einen Kaffee, setzte mich damit auf die Bank in unserem Garten. Ich war jetzt arbeitslos und fühlte mich wertlos. Ich war nie der Typ von Frau gewesen, der zu Hause bleiben wollte, auch wenn Franks Familienunternehmen mir diese Freiheit gelassen hätte. Ich liebte die Bestätigung durch meine Arbeit. Ich hasste Putzen und Bügeln, weshalb wir auch eine Haushaltshilfe hatten, die mir diese unliebsamen Dinge abnahm.
Frank versuchte, mich auf seine unbeholfene Art zu trösten. Mit frustrierten Frauen hatte er immer schon Probleme gehabt. „Das wird schon wieder", er strich mir über die Schulter.
„Hä? Ich bin gekündigt – soll ich das noch mal erklären?"

„Tschuldige, ich meine, es ist doch nicht so schlimm. Du musst nicht arbeiten. Wir werden zurechtkommen, das weißt du", sagte er überzeugt.
„Ich habe aber nicht so hart gearbeitet, um jetzt nur noch Putzmittel auf die eigene Hautverträglichkeit zu untersuchen!"
Frank dachte kurz nach. „Dann suche dir eben wieder einen neuen Job!"
„Ja, Teilzeitlaboranten werden momentan brennend gesucht!"
Frank war mit seinem Latein am Ende und zog sich unbeholfen zurück, was mich rasend machte.
Am nächsten Tag brachte Frank Julian in den Kindergarten, fuhr zur Arbeit; ich blieb im Bett. Ich hatte das Gefühl, dass ich mich mal gehenlassen musste. Einfach nicht aufstehen, nicht duschen und nicht essen. Irgendwann bekam ich Hunger und machte mir ein Nutella-Toast. Das weckte Appetit; ich machte mir noch drei bis vier weitere Nutella-Toasts. Ich hatte gerade sechs Kilo abgenommen, aber das war jetzt egal. Auch die SMS meiner Schwester mit irgendwelchen hochtrabenden Trainingserfolgen war mir egal. Ich legte mich wieder ins Bett.
Abends kam Julian an mein Bett und fragte: „Mama, hast du aua?" Er schaute mich dabei mit ganz traurigen und mitfühlenden Augen an.
Ich bekam ein wirklich schlechtes Gewissen, mich so gehen zu lassen. „Nein, Mama war heute nur sehr müde."
„Bist du jetzt immer noch müde?"
„Weißt du was, mein Schatz? Mama geht schnell unter die Dusche, dann machen wir Abendbrot, und

nachher spielen wir zwei noch etwas. Was möchtest du spielen?"
„Eisenbahn aufbauen."
„Dann bauen wir die Eisenbahn auf."
Die nächsten Tage war ich vormittags hundemüde und zerfloss in Selbstmitleid. Wenn Julian aus dem Kindergarten kam, rappelte ich mich so gut es ging auf. Wollte er mit dem Nachbarsjungen spielen, brachte ich ihn rüber und legte mich wieder hin. Franks mitleidiger Blick schwenkte langsam in eine Mischung aus Vorwurf und Missbilligung um. Flintstone hatte Pause. Ich sagte auch dem Trainer erst mal wegen beruflicher Probleme ab. Ich würde mich wieder melden, wenn es wieder günstiger wäre.

Zu dem Geburtstag meines Onkels gingen Frank und Julian alleine hin. Ich fühlte mich krank und ließ mich entschuldigen.
Einen Tag später riefen meine Eltern an und wollten mich trösten, mir Ratschläge geben, und mein Vater teilte mir mit, dass er irgendwelche Freunde anrufen wolle, die mir vielleicht einen Job besorgen könnten. Später hing Elena am Telefon und wand sich im Smalltalk an dem Kündigungsthema vorbei. Sie wollte mich aufmuntern. Gerade, als wir uns höflich verabschieden wollten, da nahm sie offensichtlich allen Mut zusammen und sagte: „Moment noch! Ich muss dir doch noch was erzählen!"
„Was denn?", fragte ich gelangweilt und gähnend.
„Julian …"
„Was ist mit Julian?"
„Du musst dich irgendwie aufraffen!", äußerte sie kurz und schmerzlos.

„Hä?"
Wie war die denn jetzt drauf?
„Julian saß gestern bei Onkel Eriks Geburtstag auf meinem Schoß und erzählte mir, dass Mama ihn, Papa und Flintstone momentan nicht mehr lieb hätte."
„Bitte?"
Ein kaltes Stahlschwert durchbohrte mein Herz; meinem Kopf fehlte plötzlich der Sauerstoff.
„Ich meine, klar, das ist schlimm wenn man seinen Job verliert, aber du hast ein Kind, einen Mann; ein Job ist nicht das ganze Leben!"
Was weißt du von Familienleben? Und es ist leicht, über die Bedeutungslosigkeit seines Jobs zu reden, wenn man seinen noch hat!
„Hat er wirklich gesagt, dass ich ihn nicht mehr lieb habe?"
Bitte! Zieh das Schert aus meinem Herzen!
„Ja, mit so was macht man keinen Spaß."
Sie tat mir diesen Gefallen nicht, sondern drehte das Schwert in der Wunde.
„In Ordnung. Ich muss jetzt auflegen. Tschüß Eli."

Ich schmiss mich aufs Bett und heulte hemmungslos. Dann wischte ich mir die Tränen aus den Augen, begutachtete mich im Spiegel, kämmte mich, schminkte mich zum ersten Mal seit mindestens einer Woche und ging einkaufen. Ich war unschlüssig im Supermarkt und entschied mich dazu, am Abend Aprikosenhähnchen zu kochen. Frank und Julian liebten es und ich eigentlich auch. Als Dessert würde ich eine Créme Brulée mit Borbonvanillie machen. Ich holte Julian vom

Kindergarten ab und fuhr mit ihm nach Hause. Ich setzte mich mit ihm auf das Sofa und erklärte ihm: „Wir beide müssen jetzt mal ein Mama-Sohn-Gespräch führen!"
Es kam, was kommen musste: „Warum?", momentan Julians Lieblingsfrage.
Ich lächelte. „Es ging mir die letzte Zeit nicht so gut …"
„Jetzt wieder gut?"
„Ja, Mama geht es wieder gut; ich möchte dir etwas ganz Wichtiges sagen."
„WAS?" Julians Augen wurden ganz groß.
„Ich möchte, dass du weißt, dass ich dich immer ganz doll lieb habe, egal, ob es mir gut oder schlecht geht. Ich habe dich lieber, als alles auf der Welt."
Ich drückte Julian an mich; es fühlte sich so gut an, seine kleinen Ärmchen um meinen Hals zu spüren.
Er drückte so fest er konnte: „Ich habe Mama auch lieb – bis zum Mond …"
„… und zurück", vervollständigte ich den Satz.
„Ja und zurück!"
„… und dreimal drumherum!", ich gab ihm einen Kuss auf seine Wange.
„… und ich viermal!"
Das konnte jetzt dauern …
Bei siebzehnundzwanzig, die größte Fantasiezahl, die Julian sich zurzeit vorstellen konnte, brach er ab und fragte: „Und Papa auch lieb?"
„Und Papa habe ich ganz genauso lieb!"
„Und Fintzton?"
„Flintstone habe ich auch lieb." Obwohl man das vielleicht nicht so ganz vergleichen konnte.
„Reitest du Fintzton wieder?"

„Wie kommst du jetzt darauf?"
„Papa hat Tante Elena gesagt, Mama reitet gar nicht mehr, und Tante Elena hat das Wetter sowieso bald gewonnen. Mama, wie kann man das Wetter gewinnen?"
„Ich glaube, er hat Wette gesagt; ich weiß schon, was er gemeint hat."
„Ich glaube, er will nicht dass Tante Elena das Wetter gewinnt. Kannst du nicht das Wetter gewinnen?"
„Dann sollte Mama aber bald wieder reiten!"
„JAAA Mama. Jetzt! Kann ich mitkommen?"
„Nein, jetzt machen wir etwas anderes! Jetzt hilfst du mir kochen. Du kannst den Pudding rühren und den Tisch decken. Wir machen das ganz toll, damit Papa sich freut, wenn er nach Hause kommt, ok?"

Die nächsten Tage ging es mit meiner Stimmung bergauf. Ich nutzte die freien Vormittage zum Reiten, ich brachte unser Haus in Ordnung, kam dazu, lang hinausgeschobene Dinge zu erledigen, genoss viel Zeit mit Julian, überraschte Frank wieder mit guter Laune, wenn er von der Arbeit kam, und fühlte mich von Tag zu Tag besser.
Flintstone gab sich nach den letzten Wochen trainingsfrei auch ungewohnt motiviert. Um seine Motivation zu erhalten, richtete ich es so ein, dass ich nach jedem Training noch eine halbe Stunde mit ihm durch den Wald ritt. Auch mir tat das unheimlich gut. Ich spürte, wie ich Tag für Tag wieder den Kopf freibekam.
Als ich das nächste Mal bei Samy war, gaben Flintstone und ich eine richtig gute Vorstellung ab.

Ich war locker und gelöst, Flintstone aktiv und motiviert.
Samy ließ sich zum ersten Mal ein:
„GREEEAAAAT!" entlocken. Lob war ja normalerweise nicht so seine Paradedisziplin.
Als ich Flintstone nach dem Training in den Hänger verfrachtet hatte, kam er sogar noch mal zu uns und sagte: „Was für berufliche Probleme das auch immer waren – deinem Reitstil haben sie gutgetan."
„Ich bin gekündigt worden", entgegnete ich trocken und ließ damit Samys breites Grinsen verschwinden.
„Nun hast du offensichtlich mehr Zeit zum Reiten, das sieht man."
Eine Antwort in der Art hatte ich erwartet.
„Na ja, ich reite jetzt erst mal, dann suche ich mir einen neuen Job …"
„Was hast du noch gleich gemacht?"
„Laborantin."
„Eine Laborratte. Die werden doch immer gebraucht."
„Ja, sicher …"
„Sehen wir uns nächste Woche?"
„Auf jeden Fall – ich muss ein paar Turniere gewinnen!"
Eigentlich wollte ich Samy nichts von der Wette erzählen, aber manchmal rede ich schneller, als ich denke.
„Turniere? Mit dem Gaul?" Samy schien das zu amüsieren.
„Wieso nicht?"
„Der ist schon zu alt."
„Er ist dreizehn."

„Zu alt! Der hätte schon mit vier, fünf aufs Turnier gemusst. Der bringt es jetzt nicht mehr. Beim nächsten Pferd musst du früher anfangen mit dem richtigen Training."
„Bis zum nächsten Pferd habe ich aber nicht Zeit. Ich muss eine Wette gewinnen."
Ich erzählte ihm von der Wette, von meiner Schwester und dem aufgehenden Morgenstern.
„Deine Schwester macht es besser. Ein junges Pferd und das richtige Training", gab Samy zu bedenken.
„Ja und? Das ist doch auch einfach – das kann jeder", grinste ich angriffslustig.
„Du und der Gaul hier wollen es echt noch mal wissen, oder wie?", grummelte Samy, während er Flintstone auf den Hintern klatschte.
„RIGHT!", sagte ich in breitem Englisch und schmiss die Trense in den Kofferraum.
„Dann bis nächste Woche!", Samy drehte sich um, ging zurück zur Halle und rief dann noch: „…und macht euch auf was gefasst!"

Die Woche ging schnell um. Ich war schwer beschäftigt. Abends, wenn Julian im Bett war, recherchierte ich im Internet nach Jobangeboten. Ich stellte meinen Lebenslauf online in ein Karrierenetzwerk. Außerdem richtete ich mir einen Facebook-Account ein. Ich war überrascht, wen man von den eigenen Bekannten und Kollegen dort alles wiederfinden konnte. Ich erweiterte meine soziale Kompetenz auf dem virtuellen Sektor.

Das nächste Training war hart. Ich konnte nicht die geringste Gnade von Samy erkennen. Nach knapp zwei Stunden bekam Flintstone kaum noch die Hufe hoch, um in den Hänger zu steigen; ich wollte nur noch duschen und schlafen. Immerhin schien Samy zufrieden.

„Das sieht jetzt langsam nach Reiten aus!", fand er.
„Fühlt sich morgen bestimmt auch so an."
„Sag mal, du hast doch jetzt freie Zeit, wo du keinen Job mehr hast, oder?"
„Na ja, man kriegt den Tag schon rum."
„Ich habe eine Reihe Zuchtstuten, die nicht mehr auf Turniere gehen, aber bewegt werden müssen. Einer meiner Trainer hat gekündigt, und ich habe keine Zeit für die Zuchtstuten. Traust du dir das zu?"
„Da bin ich mir nicht sicher", gab ich ehrlich zu.
„Okay, du bist ab morgen um acht Uhr hier. Wann musst du dein Kind abholen? Mittags?"
Ich nickte kurz.
„… okay, dann schaffst du es mit Satteln, vier bis fünf der Stuten zu reiten. Ich zahle schlecht, die Arbeit ist hart, aber du kannst deinen Gaul günstig hier unterstellen; ich mache dir einen guten Preis. Dann kannst du im Anschluss noch dein eigenes Pferd trainieren. Was sagst du dazu."
„Schlechte Bezahlung und harte Arbeit klingen verlockend …"
„Ich nehme das als ein Ja an. Du bist Morgen um acht Uhr hier. Miri wird dir zeigen, welche Stuten du reitest, dich beim Satteln unterstützen und dir die ersten Tage noch helfen."
Hilfe – das geht mir irgendwie zu schnell!
„Morgen …, also …"

„Ist noch was?", fragte Samy ungeduldig und wandte sich zum Gehen.
„Ähm, um acht Uhr – bis morgen!"

„Ist doch perfekt", fand Frank, als ich ihm von meiner Blitzeinstellung erzählte.
„Meinst du?"
„Du weißt jetzt auf jeden Fall, dass du nicht so schlecht sein kannst, sonst würde Samy dich wohl kaum seine wertvollen Pferde trainieren lassen."
„Ich werde nicht die wertvollen Pferde trainieren, sondern nur die Zuchtstuten etwas bewegen – das ist ein kleiner Unterschied."
„Aber du wirst jeden Tag reiten können und sogar Flintstone trainieren. Das ist doch super! Wenn du die Wette mit deiner Schwester gewonnen hast, kannst du dir ja einen neuen Job in einem Labor suchen."
„Ja, wahrscheinlich hast Du recht. Und ich bin mittags damit durch und habe Zeit für Julian. Ja, vielleicht gar nicht schlecht."

Kapitel 6: Muskelkater

Nach den letzten Wochen fiel es mir richtig schwer, so früh aufzustehen, aber irgendwie war ich aufgeregt, als ich mir frische Jeans und ein sauberes Sweatshirt anzog. Am ersten Arbeitstag sollte man schließlich gepflegt erscheinen, auch wenn es sich um einen Pferdestall handelt.

„Morgen", grüßte Miri, als ich pünktlich um fünf Minuten vor acht den Stall betrat.

„Morgen, melde mich zum Dienst!", witzelte ich.

„Mal gucken, wie du mit unseren Stuten zurechtkommst."

„Oh ja, mach mir nur Mut …!"

„Wird schon nicht so schlimm!"

Miri führte mich zu einer Box. Ihre Sporen klapperten, sie schienen genau wie bei Samy mit Ihren Stiefeln verwachsen zu sein. Ihre schlanke, zierliche Figur steckte in ausgewaschenen, leicht zerschlissenen Jeans und trotz den noch frischen Temperaturen trug sie nur ein T-Shirt. Sie hatte versucht ihre Haare mit einem Haargummi in einem Pferdeschwanz zu zähmen, aber einzelne Strähnen fielen in ihr Gesicht. Trotz Ihrer Größe wirkte sie stark, selbstbewusst und sexy.

Sie öffnete eine Boxentür mit einer hellbraunen Stute.

„Time to Win ist die Erste", sagte sie, während Time to Win sich brav von ihr ein Stallhalfter überziehen ließ. Sie gab mir den Strick. Ich führte die Lady auf die Stallgasse, band sie an der Putzstelle an und sah mich um.

„Das Putzzeug findest du hier. Ich helfe dir schnell, es warten heute noch vier weitere Stuten auf dich." Die Stute stand routiniert still, während wir schnell Rücken und Bauch mit Bürsten bearbeiteten, obwohl das Pferd sauber und glänzend war und nur ein wenig Stroh im Schweif hatte.
„Das reicht schon, achte nur darauf, dass die Sattellage schön glatt und sauber ist. Der Rest interessiert nicht so. Wenn du schon eine Stunde mit Putzen verbringst, dann kriegt mein Vater gleich hohen Blutdruck."
„Was ich lieber vermeiden würde!"
Miri grinste.
Ich stellte die Putzkiste zurück in die Sattelkammer: „Wo finde ich Time to Wins Sattel?"
In der für so einen großen Reitstall vergleichsweise kleinen Sattelkammer befanden sich gerade mal zehn Trainingssättel. Sicher gab es noch eine weitere Sattelkammer wo weiteres Trainings-, aber zumindest das Turnierequipment hing.
„Hier hat nicht jedes Pferd einen eigenen Sattel", hörte ich hinter mir Samys Stimme.
„Ich dachte, jedes Pferd braucht einen passenden Sattel …"
„Wir haben hier hundert Pferde stehen. Für diese hundert Pferde reichen diese Trainingssättel. Damit ist jede Rückenform unserer Pferde abgebildet. Für Win nimmst du diesen Sattel hier." Er griff einen älteren, aber sicher sehr hochwertigen und schnörkellosen Ledersattel und legte ihn auf das Pferd.
„Welche Trense soll ich ihr geben?", fragte Miri ihren Vater.

„Die hier." Samy reichte Miri ein Trainingsbridle mit einem twisted Snaffel, also einem gedrehtem, relativ dünnen Gebiss.
„Das ist recht scharf, oder?", forschte ich vorsichtig.
„Ich will erst mal, dass du Kontrolle über den Gaul hast."
Oh Gott, könnte das also ein Problem werden? Worauf habe ich mich hier eigentlich eingelassen?
„Ja, das will ich auch", nickte ich leicht verunsichert. Time to Win blieb brav stehen, während ich aufstieg. Samy und Miri auch. Sie beobachteten mich, aber Samy würde sicher gleich loslegen.
„Versammel sie erst mal richtig! Zeige ihr, was du von ihr erwartest!"
Die Stute folgte fein meinen Befehlen und fiel sofort in einen flüssigen und fleißigen Schritt. Sie fühlte sich weich und sensibel unter mir an. Ich hatte Angst, die Sporen anzulegen oder mich vielleicht auch nur falsch im Sattel zu bewegen.
„Jetzt treib sie etwas vorwärts!", befahl Samy, aber mir war nicht wohl dabei. Ich kannte die Stute nicht, sie fühlte sich ganz anders an als Flintstone; ich wollte sie erst etwas besser kennenlernen, nur ein paar Runden.
„Die Jährlinge müssen noch raus. Das habe ich noch nicht geschafft.", meinte Miri zu ihrem Vater.
„Ja, schon gut", brummte er und verließ die Halle. Ich war froh. Nach einigen Runden fühlte ich mich wohler auf Win und trieb sie an. Sie reagierte unglaublich fein. Es war eine Freude, sie zu reiten. Miri beschränkte sich auf einige hilfreiche Kommentare und erklärte mir nur, was ich falsch machte, wenn Win mich nicht verstand. Nach einer

halben Stunde, als ich endlich das Gefühl hatte, dass ich Win jetzt einigermaßen einschätzen konnte, befand Miri: „Das reicht."

Die nächste Stute war ein schwarz-weißer Paint mit dem vielversprechendem Namen „Color of success". Ich frage mich bei solchen Pferdenamen immer, wie ich dieses Pferd auf der Wiese rufen würde.
„Fliiiiintstone" kommt da verhältnismäßig gut über die Lippen, aber „Coooolor of succe-ehees", also ich weiß nicht …
Ich beschloss, sie „Color" zu nennen.
Color war noch eine eher junge Zuchtstute. Sie hatte einen mir furchteinflößenden Bewegungsdrang. Ich musste sie nicht antreiben, ich versuchte die meiste Zeit, sie zu bremsen.
„So, und jetzt lass sie arbeiten! Sie ist gut ausgebildet, aber du lässt Sie einfach Zirkel galoppieren."
Sie galoppierte und galoppierte und galoppierte.

Lady´s Moon Light war eine dunkelbraune, kompakte und muskulöse Stute, die so fein reagierte, dass sie beim Abknicken meines Beckens gleich die Hinterbeine unter ihren Körper schmiss und einen Fullstop hinlegte. Ich hatte mit so einem schnellen Stop nicht gerechnet und machte, wie es das physikalische Gesetz bezüglich Masse in Bewegung oder so ähnlich nun mal verlangte, einen sehr uneleganten Purzelbaum über den Pferdehals in den Sand.
„Alles in Ordnung?", fragte Miri, versuchte, besorgt zu klingen, aber ich sah sie grinsen.
„Nur Fliegen ist schöner."

Es war kurz vor eins; ich musste mich jetzt auf den Weg zum Kindergarten machen. Ich war körperlich total fertig, mein Hintern schmerzte empfindlich.
„Schaffst du das mit den Stuten morgen alleine? Ich meine, ich bin da, aber muss selber Pferde trainieren", erkundigte Miri sich.
„Ja, klar."

Der nächste Morgen war feindlich. Ich hatte Schmerzen im Körper abwärts des Halses. Ich war pünktlich im Stall, aber wusste noch nicht, wie ich einen weiteren Vormittag im Sattel durchstehen sollte. Ich holte zuerst wieder Win aus der Box und musste mir von Miri helfen lassen, weil ich nicht mehr genau wusste, welcher Sattel zu ihr gehörte. Das musste ich mir heute unbedingt alles merken. Trotz der Schmerzen hatte ich in Bezug auf die Stuten heute bereits ein besseres Gefühl. Ich konnte sie schon eher einschätzen als gestern. Trotzdem stoppte Lady´s Moon Light wieder so abrupt, dass ich erneut eine Rolle in den Sand machte.
„Alte Zicke!", zischte ich sie an, klopfte mir den Sand ab und stieg wieder in den Sattel.
In der nächsten Woche sollte ich Flintstone mitbringen. Er sollte eine Box im Nebenstall erhalten; ich könnte ihn dann nach meiner Arbeit noch reiten.
Sonntags hatte ich frei, aber Samstag musste ich ebenfalls die Stuten reiten.
Julian und Frank kamen mit und sahen mir zu. Bei der ersten Stute war Julian noch interessiert, aber dann musste Frank etwas mit ihm spazieren gehen,

weil ihm schnell langweilig wurde. Ich ritt meine fünf Stuten, danach gingen wir in einem Imbiss in der Nähe etwas essen.

Der neue Tagesablauf spielte sich gut ein. Frank brachte Julian morgens in den Kindergarten; ich fuhr meist eine Dreiviertelstunde eher in den Stall. So schaffte ich es, bis mittags die fünf Stuten geritten zu haben und sogar Flintstone etwas trainiert zu haben. Nach knapp zwei Monaten hatte ich zentimeterweise Hornhaut auf dem Hintern, fühlte mich, als hätte ich nie etwas anderes gemacht. Muskelkater bekam ich auch nicht mehr. Flintstone war mittlerweile richtig fit. Samy hatte uns bereits langsame Spins beigebracht, und ich ritt mit Flintstone fliegende Galoppwechsel.
Eine SMS von Elena trudelte ein: „hi sandy, am wochenende 1. turnier mit ms. kommst du gucken? würde mich freuen, eli"
Na, das konnte ich mir doch nicht entgehen lassen!

Sonntagmorgen fuhr ich also mit Julian und Frank zum ersten Dressurturnier des aufgehenden Morgensterns.
Er und meine Schwester waren feierlich rausgeputzt. Meine Schwester trug eine weiße Reithose, ein schwarzes Reitsacko, glänzende Stiefel und einen albernen Hut. Der aufgehende Stern glänzte mehr als je ein Stern glänzen konnte, trug eine weiße Satteldecke und weiße Bandagen. Eine neue und sicher sündhaft teure Trense passten zu einem gewienerten Ledersattel. Ein fast perfektes Bild. Mich störten nur die panisch aufgerissenen Augen

des Morgensterns, die flache Atmung meiner Schwester, und dieses nervige Rumgetrappel der perfekt gelackten Pferde um mich herum machte mich ganz nervös.
„Pferd eihj-eihj", entschied Julian beim Anblick von Tante Elenas Pferd und haute Morgenstern auf die Nase, worauf er mit einem panischen Sprung nach achtern reagierte und meine Schwester erschrocken irgendwas von sich gab, was merkwürdigerweise nicht ihr total überempfindliches Pferd betraf, sondern meinen Sohn, der in meinen Augen nichts Falsches getan hatte. Flintstone hätte seinen Kopf für weitere Tätscheleien schön tief gehalten und Julian höchstens mit seiner Nase angestupst, um vielleicht ein Leckerli zu erbetteln.
„Was ist mit deinem Pferd?", fragte ich meine Schwester, die immer noch versuchte, ihr Pferd wieder unter Kontrolle zu bringen.
„Nimm bitte Julian da weg!", rief sie mir zu.
„WARUUUM?", weinte Julian beleidigt.
„Weil das Pferd irgendwie komisch ist und ich nicht will, dass es dich noch tritt", flüsterte ich ihm zu, zog ihn auf meinen Arm und stellte mich etwas abseits. Morgenstern schien das allerdings immer noch nicht zu beruhigen. Er tänzelte weiter wie eine Diva.
„Mornentern böse! Flinton lieb!", entschied mein Sohn. Ich nickte ihm zustimmend zu.
Dann ertönte eine Lautsprecherstimme: „… die Startnummer 201 Elena Bertani auf Morgenstern." Die beiden tänzelten auf einen perfekten Reitplatz mit feinem weißem Sand. Sobald Morgenstern den weißen Sand unter sich hatte, spulte er sein Programm ab. Er sah zugegebenermaßen wirklich

gut aus, wenn man Dressurpferde mag. Er trabte, als würde er auf einer Wolke laufen; auch im Galopp machen die beiden wohl eine gute Figur.
Mir gefällt aber an klassischer Dressur nicht, dass es alles so ernst wirkt. Es sieht irgendwie nie so aus, als hätten Pferd und Reiter Spaß. Alles ist irgendwie steif, die Zuschauer auf dem Turnier versuchen, möglichst wenig Geräusche zu machen und es passiert einfach nichts Interessantes. Wer dagegen zu einem Reining-Turnier geht, der bleibt selten auf seinem Platz sitzen. Während der wilden Galopprunden wird mitgepfiffen. Im Rundown, wenn das Pferd in der Mitte der Bahn auf volles Tempo geht, um wenig später mit den Hinterbeinen durch den Sand zu rutschen, da rauscht einem schon als Zuschauer das Adrenalin durch die Adern, aber hier …
„Mama, ich will nach Hause – das ist blöd", entschied Julian.
„Das ist aber doch Tante Elena", versuchte Frank es.
„Habe auch Hunger", meckerte er jetzt weinerlich.
„Im Reiterstübchen gibt es belegte Brötchen", zischte eine Zuschauerin zu uns herüber.
„Na komm, wir gehen Brötchen essen!", entschied ich.
Elena verließ sowieso gerade die Reitbahn.
Morgenstern tänzelte wieder.
Die Siegerehrung in der klassischen Dressur ist ebenfalls eine sehr kitzelige Sache. Elena hatte sich auf den sechsten Platz geritten und war damit zufrieden. Für ihr erstes Turnier war das wirklich eine gute Leistung.

Jetzt kam aber offensichtlich für Dressurpferde eine viel schwierigere Aufgabe: das Entgegennehmen der Schleifen. Ich glaube, es ist so gedacht, dass die Pferde mit Reiter in einer Reihe stehen. Dann wird die jeweilige Platzierung aufgerufen. Der entsprechende Reiter mit Pferd reitet vor und holt sich die Schleife.
Das Stehen in einer Reihe schien etwas wirklich Schreckliches für diese Dressurpferde zu sein. Nervös trippelten alle hin und her. Die Reiter hatten alle Hände voll zu tun. Helfer versuchten, die Pferde vorne festzuhalten. Immer wieder sprang ein Pferd zurück und machte ein ziemliches Theater, bis Reiter und Helfer es wieder einigermaßen an seine vorgesehene Parkposition herangeführt hatten. Dann musste so ein Pferd auch noch alleine, also ohne die Gemeinschaft der anderen vierbeinigen Hosenscheißer nach vorne treten, und jemand versuchte, ihm so eine bunte, gefährlich wirkende und furchterregende Stoffschleife anzustecken. Die Hälfte der Pferde ließ sich die Schleife gar nicht anstecken, sondern die Reiter nahmen die Schleife entgegen oder die Helfer mussten sogar die Schleife außer Sichtweite der Pferde halten.
Nachdem ich meiner Schwester gratuliert hatte, fuhren wir auch bald nach Hause.

Auf dem Rückweg fragte Frank mich: „Meinst du, Flintstone würde auf einem Turnier auch so nervös sein?"
Die Frage stellte ich mir auch schon seit mindestens zwei Stunden. „Nein, bestimmt nicht. Er ist doch viel cooler."

„Du solltest es vielleicht bald mal ausprobieren, oder?"
„Aber für ein Reining-Turnier sind wir noch nicht gut genug. Wir können nicht alle Manöver", gab ich zu bedenken.
„Du musst ja nicht gleich gewinnen, aber vielleicht gewöhnt sich Flintstone dann schon mal an die Atmosphäre auf so einem Turnier."

Ich landete auf der Website des Deutschen Westernreiter Verbandes, dem größten organisierten Verband für Westernreiten in Deutschland, und fand dort tatsächlich ein Einsteigerturnier in der Nähe. Es wäre bereits in zwei Wochen. Es gab verschiedene Disziplinen. Ich entschied mich die Pleasure, die Horsemanship und eine Trailprüfung mitzureiten. Das waren Sachen, die noch keine Sliding Stops und Rollbacks erforderten und somit eine gute Übung für Flintstone und mich sein konnten. Nach dem Motto „Augen-zu-und-durch" meldete ich mich und Flintstone an. Später suchte ich nach allen Informationen, die ich über Westernturniere finden konnte. Ich schrieb eine E-Mail an die angegebene Organisatorin des Turniers mit einigen Fragen und erhielt auch prompt eine Antwort. Sie schrieb, ich könnte alles im Regelbuch des DWVs nachlesen und dieses für 5,50 Euro bei der Geschäftsstelle anfordern oder im Internet herunterladen. Ich entschied mich für das Letztere.

Nach den Tierschutzrichtlinien des Verbandes ist es verboten, den Pferden Schmerzen und körperliche Schäden zuzufügen, ihnen Leistungen

abzuverlangen, denen sie nicht gewachsen sind oder die sie nur unter Leid bieten könnten. Außerdem sind leistungssteigernde Mittel und Behandlungen verboten.
Sehr präzise – was waren leistungssteigernde Mittel? Fiel Flintstones Hafermüsli darunter, dass er bekam, seit er bei Samy stand. Seine Leistung hatte sich enorm gesteigert. Würde ich ihm auch wirklich kein Leid zufügen, wenn ich ihn auf ein Turnier kutschiere, statt ihn auf der Wiese grasen zu lassen?

Die Bekleidung auf einem Turnier ist ebenfalls vorgeschrieben.
Oh weia, und ich hatte über meine Schwester geschmunzelt!
Die vorgeschriebene Kleidung umfasst einen Westernhut, ein langärmliges Hemd oder ein langärmliges Shirt (Slinky) im Westernstyle, Jeans (nicht in Trainingsfarbe Blau) und Westernstiefel. Chaps über der Jeans sind erlaubt.
Darunter machen sie ja auch keinen Sinn …
Das Erscheinungsbild muss sauber und ordentlich sein.
Sauber okay, aber wie bekam man bei den Vorgaben ein ordentliches Erscheinungsbild hin? Außer vielleicht für einen Karnevalsumzug?
Doormann, Parcourschef, Ringsteward, Bit Judge, Score Sheet, Penalties – so ein Westernturnier ist eine neue Welt mit eigenen Regeln und offensichtlich auch einer eigenen Sprache!
Ich kaufte mir für das Turnier eine schwarze Jeans. Braun, Beige oder Weiß wären natürlich nach den Bekleidungsvorschriften auch möglich gewesen, aber ich vermutete, dass ich mit einer schwarzen Jeans

wahrscheinlich eher den Punkt des sauberen Erscheinungsbildes treffen würde als mit einer weißen oder beigen Jeans. Dazu fand ich eine weiße Bluse im Hemdstil mit Brusttaschen in meinem Kleiderschrank, die für mich definitiv genug „Westernstyle" hatte. Wesentlich schwieriger war die Auswahl von Westernstiefeln und einem Westernhut. Ich bestellte beides bei einem Westernshop. Wie peinlich wäre es gewesen, wenn mich jemand beim Kauf von Westernstiefeln in einem Geschäft beobachtet hätte? Für Flintstone kaufte ich ein neues, schickes Sattelpad, das ebenfalls schwarz und weiß war und so perfekt zu meinem Outfit passte.
Elena verheimlichte ich mein erstes Turnier. Ich wollte erst mal selber austesten, wie weit Flintstone und ich waren. Samy sollte auch noch nichts davon erfahren. Er hielt nicht viel von Pleasure, Horsemanship und Trail. Für Reiningreiter ist sowas „Pipikram".
Ich sagte Samy, dass Sonntag ein Ausritt in meinem alten Stall wäre, an dem ich teilnehmen wollte.

Frank und Julian begleiteten mich zu meinem ersten Turnier.
Es war wirklich eine komplett andere und ziemlich fremde Welt so ein Westernturnier. Wir fuhren auf den Hof einer Reitanlage, die hauptsächlich Western- und Freizeitreiter beherbergte. Es gab eine Reithalle, einen Reitplatz und einen Round Pen. Die Boxen hatten Paddocks davor. Es herrschte schon überall hektisches Treiben. Aus den Lautsprechern in der Reithalle ertönte Countrymusik.

Oh mein Gott!
Jetzt ist es ja oftmals so, dass Turniersport nicht nur eine Perfektion der entsprechenden Sportart ist, sondern oft auch eine Perversion dergleichen darstellt. Im Reitsport ist dies offenbar sogar die Regel. Dies war der Grund, warum ich bisher lieber mit Flintstone durch den Wald geritten bin. Auf so einem Turnier sehen Pferde zum Teil gar nicht mehr wie Pferde aus oder man muss sie erst unter Glanzspray und Silberausrüstung suchen.
Wir ließen Flintstone aus seinem Hänger aussteigen. An uns führte gerade eine junge, schlanke Frau in einem rosa-farbenen Glitzershirt, weißem Westernhut und mit beiger Jeans ein hellbraunes, zierliches Pferdchen vorbei. Das Pferd schimmerte merkwürdig im Sonnenlicht, die Hufe glänzten wie lackiert. Der Schweif bewegte sich irgendwie unnatürlich, bis ich feststellte, dass irgendwas reingebunden war – ein zweiter Schweif oder so. Das Sattelpad war im selben rosafarbenen Ton gehalten wie das Shirt seiner Besitzerin und mit jeder Menge Swarovski-Steinchen verziert. Die Trense bestand zum Großteil aus Silberverzierung. Selbst die Ringe des Gebisses waren genauso graviert, wie die silberfarbenen Steigbügel ihres reichlich verzierten Sattels. Ich überlegte, ob das Pferd auch rosafarbene Pferdeäppel fallen lassen würde oder vielleicht Swarovski-Steine pinkelte.
Ich ging mit Flintstones Equidenpass und Julian zur Meldestelle, während Frank schon Flintstone sattelte. Die Frau in der Meldestelle kontrollierte in Flintstones Equidenpass den Impfstatus, wuselte in

Papierlisten rum und gab mir zwei Startnummern aus Pappe. Ich hatte die Startnummer 112.
Na super …, hoffentlich kein Omen!
„Unten vor den Koppeln sind Paddocks abgesteckt. Stell dein Pferd in der Pause einfach auf einen freien Paddock. Heu musst du hinten in der großen Scheune holen."
„Okay, danke."
Ich überlegte, wie wir die Startnummern nun ans Pferd bekämen.
Eine andere Teilnehmerin mischte sich ein: „Es gibt auch Sicherheitsnadeln in der Meldestelle, für die Teilnehmer, die daran nicht gedacht haben."
Woher sollte man auch wissen, dass man Sicherheitsnadeln brauchte?

Der Abreiteplatz war schon ziemlich voll. Flintstones Ohren drehten sich wie Radarantennen in alle Richtungen. Ich reihte mich in das Gewusel ein und ließ Flintstone erst mal am langen Zügel gehen. Er war jedoch zu aufgeregt und trippelte nervös, sodass ich die Zügel annahm, damit er sich auf mich konzentrierte, was auch nicht die beste Idee war, da ich selber ziemlich nervös war. Ich trabte Flintstone an. Er war immer noch geladen und kurz vor einer Explosion. Bei Samy hatte ich gelernt, mich davon nicht beeindrucken zu lassen, sondern die Flucht nach vorne zu ergreifen. Ich galoppierte Flintstone an, dirigierte ihn, so gut es ging, zwischen den anderen Pferden durch. Ich hatte an den langen Seiten regelmäßig das Gefühl, er würde durchgehen; nur an den kurzen Seiten wurde er wieder langsamer, weil er so besser um die Kurve kam.

Irgendwann wurde die erste Prüfung aufgerufen: Pleasure.
Gott sei Dank, das Warmreiten haben wir schon mal ohne Knochenbrüche überlebt!

Die Western Pleasure ist eine Reitpferdeprüfung, bei der Körperbau (Exterieur), aber vor allem auch die Gangarten des Pferdes bewertet werden. Es soll eine Freude (Pleasure) sein, das Pferd zu reiten, weshalb die Gangarten bei der Western Pleasure langsam und bequem aussehen sollen. Oder mit anderen Worten: Es ist eine Disziplin für Mädchen in rosa Kostümchen mit Glitzersteinchen!
Auch wenn ich kein rosa Glitzerhemdchen trug, so betrat ich jetzt mit Flintstone die Halle, denn wir waren ja hier, um das Turniergeschehen an sich zu üben. Pleasure war da eine nette Aufwärmübung. Der Sandboden in der Halle war ungewöhnlich dunkel und die Hallenbande ungewöhnlich hoch. Außerdem fand Flintstone noch die beiden Richter in der Mitte der Reithalle ungewöhnlich, wo ich ihm sogar zustimmen musste. Die Richter trugen lange dunkle Mäntel, weiße Westernhüte und Klemmbretter mit den Scorelisten vor sich. Mich machten die Richter, wie sie da so standen, auch ein wenig nervös.
Die Western Pleasure ist eine Gruppenprüfung, was bedeutet, dass sich nun vierzehn Pferde in der Reithalle befanden. Im Schritt zog jetzt also eine Karawane durch die Halle; ich hatte schon nach einer halben Runde das Problem, dass Flintstone im Schritt viel schneller war, als der herausgeputzte Haflinger vor uns. Wie war das noch? Darf man in

der Prüfung überholen? Ja, ich glaubte, man sollte nur möglichst zügig dran vorbeireiten. Ich schaffte es also, in der nächsten Ecke den Haflinger zu überholen und reihte mich wieder ein.

„Jog your horse, please jog!", ertönte das Kommando aus dem Lautsprecher.

Ich trabte ein zum Explodieren gespanntes Pferd an. Wir trabten nun schon zum zweiten Mal an dieser Ecke vorbei, in der einige Trailhindernisse, also Stangen, zwei Tonnen, ein Tor und so weiter, standen. Aber erst jetzt schien Flintstone sie zu bemerken; sein Hals bog sich, die Muskeln zitterten, und ja, jetzt sah ich es auch – die Sachen wirkten irgendwie bedrohlich.

„Lope your horse, please lope!", kam im blödesten Augenblick, den es geben konnte, das Kommando zum Galopp. Flintstone hatte vor der Ecke gebremst; ich trieb ihn weiter an. Neben uns überholte uns gerade eine Reiterin auf einem weiß-braunen Paint. Sie galoppierte neben uns an; genau in dem Moment entschied Flintstone sich für die Flucht vor den Tonnen und den Stangen. Nach vorne ging nicht, rechts war die Wand, also blieb nur ein beherzter Sprung zur Seite nach links. Dass da ein Paint gerade vorbeigaloppieren wollte, war für Flintstone offenbar unwichtig. Leider stießen wir hart zusammen. Flintstones Hintern knickte das Fußgelenk der Paint-Reiterin um und drückte das sich dort befindliche Sporenrädchen feste in den fremden Pferdebauch. Das Paint hüpfte erschrocken ebenfalls zur Seite. Mindestens zwei Pferde hinter uns hüpften auch noch mit.

Die Pleasure-Prüfung war für uns damit gelaufen. Wir wurden disqualifiziert und mussten die Halle verlassen. Die Paint-Reiterin ebenfalls, was sie mir übel zu nehmen schien. Draußen nahm mir Frank Flintstone ab und klopfte mir aufmunternd auf die Schulter. „War der erste Versuch", tröstete er.
Ich ging zu der Paint-Reiterin und entschuldigte mich, aber zwei Helfer waren schon damit beschäftigt, ihr verknacktes Fußgelenk zu kühlen, sie nickte zwar, guckte mich aber anklagend und schmerzverzehrt an. Den Rest des Tages humpelte sie wehleidig an mir vorbei.

Die zweite Prüfung war die Western Horsemanship. Bei der Western Horsemanship wird der Reiter auf Sitz und Einwirkung auf das Pferd beurteilt. Sie besteht aus einer Einzelaufgabe, bei der eine vorgegebene Pattern (Reitaufgabe) geritten werden muss und einer Railwork, also wieder Abteilungsreiten wie bei der Pleasure.
Die Pattern der Einzelaufgabe hatten Flintstone und ich zu Hause geübt und wirklich gut drauf. Es gab drei Pylonen als Marker. Bis zur ersten Pylone Schritt, dann bis zur zweiten Pylone traben und dort angaloppieren. Einen schönen runden Zirkel galoppieren und im Trab zur dritten Pylone. Dort muss gestoppt und das Pferd eine Pferdelänge rückwärts gerichtet werden. Das konnten wir eigentlich, aber offensichtlich nicht hier. Die Pylonen waren genauso orange wie bei Samy in der Halle, sie waren auch genauso groß, und die Halle kannte Flintstone nun von der Pleasure-Prüfung schon, aber bei der ersten Pylone machte er bereits einen langen

Hals und verspannte sich. Kurz vor der zweiten
Pylone, hinter der die Richter mit den weißen Hüten
saßen, verlor Flintstone die Nerven und buckelte zur
Seite. Ich blieb noch relativ locker. Trieb ihn zurück
zur Pylone, aber als wir in die Nähe kamen und der
Hut des Richters sich bewegte, sprang er wieder weg
und buckelte so fies, dass ich fast den Halt verlor.
Wir wurden abermals der Halle verwiesen und
brauchten zur Railwork gar nicht mehr antreten.
Ich war enttäuscht und traurig. An die Wette mit
meiner Schwester dachte ich nur beiläufig, traurig
machte mich viel mehr, dass Flintstone sich so wenig
auf mich verließ.
Nach dieser Prüfung war erst mal Pause. Wir
sattelten Flintstone ab, stellten ihn auf einen freien
Paddock und holten Heu für ihn. Für die Teilnehmer
und Besucher wurde gegrillt, es gab Salate, Baguette,
Kuchen und Getränke.
In der Pause wurde verkündet, dass es für alle
Teilnehmer, ein Barrelrace am Abend geben würde,
das durch den örtlich ansässigen Autohändler
gesponsert und dem Turnier kurzfristig zugefügt
worden wäre.

Nach der Pause ging es mit Trail weiter. Trail war
eigentlich unsere Paradedisziplin. Ich hatte mit
Flintstone in den letzten Jahren immer mal wieder
einen Trailkurs besucht. Auch im Gelände gab es
überall schöne Trailhindernisse zum Üben. Wenn ich
hier nicht doch noch ein wenig glänzen könnte, dann
nirgendwo.
Trail ist eine Hindernisprüfung, bei der die
Geschicklichkeit des Pferdes beurteilt wird. Es soll

ruhig, aufmerksam und vorsichtig die vorgegebenen Hindernisse bewältigen. Bei dieser Prüfung geht es nicht um die Geschwindigkeit, sondern um die Präzision bei der Bewältigung der Hindernisse.
Der Parcours war nicht schwierig. Als Erstes war ein Tor zu öffnen. Das beherrschten wir, da ich nie abstieg, wenn ich mit dem Pferd den Reitplatz betrete. Ich öffnete das Tor immer vom Pferd aus. Zu beachten war bei der Tor-Aufgabe, dass das Pferd das Tor nicht berührte. Ein Schubsen des Tores, wie Flintstone es oft beim Reitplatztor machte, würde zu null Punkten für dieses Hindernis führen. Des Weiteren musste nach dem Öffnen das Tor so durchritten werden, dass eine imaginäre Rinderherde nicht entweichen könnte. Das Pferd musste also die Öffnung des Tores mit seinem Körper immer abdecken. Ferner durfte ich das Tor nicht loslassen und nicht die Hand wechseln, mit der ich das Tor fasste. Nach der Toraufgabe sollte angetrabt werden, über vier Stangen rüber. Im Schritt ging es über eine Plane, auf der rechts und links eine Tonne stand. Auf der rechten Tonne lag ein Plüschtier – ein Tiger, der auf die andere Tonne gelegt werden musste. Auch hier durfte nur eine Hand benutzt werden. Dann weiter zum Stangen-L, durch das man rückwärts durch musste und zum Schluss über eine Brücke.
Eigentlich war nichts davon für Flintstone unbekannt. Alles hatten wir schon oft geübt.
Ich war optimistisch, dass wir unsere anfängliche Nervosität jetzt ablegen und doch noch mit einem guten Gefühl nach Hause fahren konnten.

Das Tor meisterte Flintstone perfekt. Er trabte auch locker und selbstsicher über die vier Stangen. Ich entspannte mich. Dann sollte die Plane kommen, und ich wusste, dass Flintstone das kennt. Ich saß so locker im Sattel, dass ich auf Flintstones Hals landete, als er die Vollbremsung vor der Plane einlegte. Okay, neu war, dass die Tonnen auf der Plane standen. Er kannte Tonnen und Plane, aber nicht Tonnen auf der Plane. Vielleicht war es auch der alberne Tiger, jedenfalls war Flintstone trotz mittlerweile schon massivem Sporeneinsatz nicht dazu zu bewegen, über diese Plane zu den Tonnen zu gehen. Der Richter entschied, dass wir das Hindernis abbrechen und das nächste anreiten sollten. Richter haben diese Macht, und wir hatten außerdem dicke Minuspunkte kassiert. Das Stangen-L absolvierte Flintstone wieder, wenn auch etwas nervös. Die Brücke war überhaupt kein Problem.
„Das war doch schon besser, als die Prüfungen heute Vormittag. Ihr macht euch langsam", meinte Frank. Es klang eher wie Trösten, als wie ernstgemeintes Lob.
Natürlich wurden wir auch im Trail nicht platziert. Bloß, um Flintstone nicht schon mit seinem Feierabend zu belohnen, meldete ich mich noch zum Barrel Race an.
Julian fragte kurz vor der Prüfung: „Mama, kannst du nicht auch so eine bunte Schleife gewinnen?"
„Ich versuche es, mein Schatz", versprach ich.

Das Barrel Race ist eine Fun-Disziplin. Es stehen drei Tonnen in der Halle, die in vorgegebener Reihenfolge umrundet werden müssen; es geht um

Zeit – um sonst nichts, einfach nur schnell um die Tonnen rum.
Die Zuschauer feuerten die Pferde an. Die Stimmung stieg. Die Pferde ließen sich von den Rufen und Pfiffen richtig wild machen.
Flintstone war auch schon wieder ganz zappelig, als wir dran waren.
Ich trieb ihn heftig an und er sprang vom Stand sofort in den Galopp, wilder Galopp. Ich kontrollierte ihn nicht wirklich, zog ihn nur in Richtung der Tonne und trieb ihn irgendwie drumherum, dann ließ ich ihn zur nächsten Tonne jagen und zog ihn wieder herum. Die dritte Tonne umrundete er fast schon ohne Hilfe. Es schien ihm Spaß zu machen. Wir gingen irre schnell durch die Ziellinie. Irgendwie schaffte er es, vor der Bande noch slidend zum Stehen zu kommen. Zum ersten Mal begriff ich den Satz einiger Trainer: „Let the wall stop your horse." Ohne die Wand wäre Flintstone noch drei Kilometer weiter gelaufen.
Wir errangen einen dritten Platz und bekamen unsere erste Turnierschleife. Der Sponsor hatte sogar einige Sachpreise gespendet, so erhielten Flintstone und ich ein weinrotes Halfter mit goldenen Schnallen und eine Tüte mit Lakritz-Leckerlis. Während der Siegerehrung stand Flintstone ruhig und gelassen im Line-up und ließ sich völlig routiniert die Schleife an sein Zaumzeug hängen. Während der Ehrenrunde galoppierte er locker selbst an der Ecke mit den Trailhindernissen vorbei. Der Abend hatte mich versöhnt. Noch mehr als über die Schleife freute ich mich, dass Flintstone und ich doch noch die Kurve gekriegt hatten. Ich

hatte was gelernt. So schön ein Ausritt im Wald war, so eine Schleife angesteckt zu bekommen, machte ziemlich stolz, auch wenn es nur ein bisschen blöder Stoff und Papier war. Turnierreiten war vielleicht doch nicht ganz so idiotisch, wie ich immer gedacht hatte.

Auf dem Rückweg sagte Frank zu mir etwas, was das i-Tüpfelchen auf diesem Tag war: „Also diese Disziplinen, wo Flintstone langsam und vorsichtig sein muss, die waren ja nicht so gut, nicht wahr?"
„Ja, da kann man wohl so sagen", murrte ich.
„… aber die Disziplin, bei der er galoppieren konnte und es darum ging, rasant zu sein, da hast du gleich einen dritten Platz gemacht."
Was wollte er mir damit jetzt sagen?
„Also rasanter Galopp wie im Reining, richtig?"
„Genau!" *Wie im Reining!* „Frank, ich liebe dich."

Ich wollte mich direkt für das nächste Turnier anmelden. Es gab ein „Train&Win-Turnier" in drei Wochen. Dieses Train&Win-Turnier lief über zwei Tage und war für Turniereinsteiger gedacht. Der erste Tag war ein Trainingstag, an dem zu den verschiedenen Disziplinen Trainingseinheiten mit entsprechenden Trainern angeboten wurden. Am zweiten Tag fand das eigentliche Turnier statt. Ich überredete noch Natalie, eine Stallkollegin, mit ihrem westerngerittenen Araber ebenfalls teilzunehmen. So konnten wir gemeinsam hinfahren.
Frank und Julian wollten am Turniertag zusehen.

Ich war morgens ziemlich aufgeregt, schlich mich in aller Herrgottsfrühe aus dem Haus und ließ meine Männer schlafen. Am Stall luden wir Flintstone und den für einen Araber wirklich coolen Earl of Winston in den Pferdehänger und fuhren los.
Natalie war gut gelaunt. Wir hatten Spaß, was vor allem zu meiner inneren Beruhigung beitrug. Ich stieg relativ relaxt aus dem Auto, als wir nach einer guten halben Stunde Fahrt in dem fremden Reitstall ankamen.
Bevor wir die Pferde ausluden, gingen wir zur Meldestelle. Ich hatte gelernt, dass man dort alles bekommt, was man während Turnierveranstaltungen braucht: Informationen, Sicherheitsnadeln und so weiter. Momentan wussten wir in dem großen Reitstall gar nicht, wo wir überhaupt hin mussten.
„Hinter dem Stallgebäude sind die Paddocks – dort könnt ihr erst mal die Pferde unterbringen. Um acht Uhr ist dann die Begrüßung in der hinteren Reithalle."
„Wie viele Reithallen gibt es hier?", fragte Natalie.
„Drei Reithallen, zwei Reitplätze und einen Naturspringplatz."
„Wow!", rutschte uns gleichzeitig heraus.
Die Anlage war gepflegt – regelrecht geleckt. Die Gebäude waren sauber und gut in Schuss. Gut Ritterhof war ein Luxusreitstall und mit allen Annehmlichkeiten für Pferd und Reiter ausgestattet. Die Boxenmiete musste um die fünfhundert Euro pro Pferd und pro Monat liegen, aber sicherlich war eine vollautomatische Espresso- und Cappuccino-Maschine in der Sattelkammer inklusive. Nein, ich

musste mich korrigieren, nicht in der Sattelkammer, denn es gab ein richtiges Reiterkasino.

„Natalie, warte kurz, ich muss mal schnell auf die Toilette!"

Ich lief in das Stallgebäude und schaute mich kurz um. Von einem breiten Mittelgang gingen rechts und links mehrere Stallgassen ab. Der Boden war ungewöhnlich sauber, nicht ein Stroh- oder Heuhalm lag herum.

In einer der Stallgassen fegte gerade ein dunkelhäutiger Stallbursche in sauberer Kleidung den eigentlich schon sauberen Boden.

Ich grüßte ihn freundlich. Er grüßte erstaunt zurück. Ich ging weiter an einem großen Wachplatz vorbei. Dahinter gab es drei Ständer mit Solarien für Pferde, dann kamen Anbindeplätze gegenüber den großen, metallenen Sattelschränken. Hier war alles erste Klasse, allerdings hatte ich immer noch nicht die Toiletten gefunden. Eine schlanke Frau in schicker, karierter Reithose, glänzend gewienerten, hohen Lederreitstiefeln und sicherlich sehr teurem Reitblouson kam mir mit einer Peitsche in der Hand entgegen.

„Tschuldigung, wo ist die Toilette?"

Die Frau blieb stehen, starrte mich abschätzig an und antwortete arrogant: „Die Toiletten sind da hinten."

Ich ging weiter. Der Weg endete direkt in einer riesigen Reithalle mit einem wunderschönen Panoramafenster über die komplette hintere Seite. Drei Pferde wurden in der Halle trainiert und verloren sich fast in der Weite. Im vorderen Bereich wurde ein großes, kantiges, weißes Warmblut

longiert, auf dem unmotiviert ein dickes Mädchen
saß und hin und her gerüttelt wurde. Zwei Frauen
lehnten an der Mauer, die zur Reithalle führte, und
sahen zu.
„Ähm, sorry, die Toiletten …, bin ich hier
wenigstens annähernd richtig?", fragte ich vorsichtig.
„PSSST!", machte der Reitlehrer mit dem weißen
Schlachtschiff an der Longe.
Ich kam gar nicht auf die Idee, dass ich gemeint war.
„Hallo, könnt ihr mir sagen …"
Die beiden Frauen drehten sich um und musterten
mich herablassend. Sie scannten mich abwärts; bei
der Jeans und den Westernstiefeln war ihnen sofort
klar: *Igitt, ein Westernreiter in unserer Reithalle!*
„Da hinten!", erbarmte sich dann eine der Frauen
und nickte kurz in die Richtung, zu der es zu den
Toiletten ging.
„Danke!", lächelte ich übertrieben.
„Ruhe!", schimpfte der Reitlehrer, und ich fragte
mich, warum, denn er erklärte dem dicken Mädchen
nicht mal etwas.
Zurück an unserem Pferdehänger, luden wir Earl
und Flintstone aus.
„Sind die Toiletten in Ordnung? Dann gehe ich
gleich auch mal", sagte Natalie.
„Toiletten wie in einem Edelrestaurant", bestätigte
ich.
„Cool!"
„Nur …"
„Nur WAS?"
„Die Leute in dem Stall sind etwas komisch. Sei leise
in der Reithalle – sprich besser niemanden an!", riet
ich.

„Du spinnst ja!"
Ich hatte sie gewarnt.
Natalie ging los. Ich bürstete Flintstone etwas. Ich hatte ihn extra am Vorabend geduscht. Leider wirkte sich Nervosität bei Flintstone immer auf die Verdauung aus, und die Autofahrt hierher schien ihn ziemlich beunruhigt zu haben. Er hatte sich den Schweif im Hänger total eingeschissen. Da musste erst mal Wasser dran. Ich erinnerte mich an die große Duschbox für Pferde und führte Flintstone in den Stall. Ich begann gerade damit, die braungrünliche Soße aus dem Schweif zu spülen, als schon eine der Organisatoren des Westernturniers angelaufen kam.
„Oh, wir dürfen mit unseren Pferden nicht in dieses Stallgebäude", erklärte sie mir mit klagender Stimme und schaute sich dabei um, als wenn sie gucken wollte, ob es schon jemand bemerkt hatte.
„Ich spüle nur kurz mal den Schweif aus …"
„Ja, an den Paddocks steht ein Wasserfass, dort können wir unsere Pferde sauber machen."
„Ich bin gleich fertig", sagte ich unmissverständlich. Ich hatte keine Lust, wie ein eingeschüchterter Hund die Flucht zu ergreifen. Ich wollte nur mit ein wenig Wasser mein Pferd abspülen. Ich würde den Waschplatz auch sauber wieder verlassen.
„Ja, ok, ich glaube, es ist auch im Moment niemand hier."
Anschließend führten Natalie und ich unsere Pferde zu den Paddocks. Saubere, perfekt geteilte Sandpaddocks, jeder vielleicht drei mal drei Meter. Uns wurden Nummern zugeteilt, unsere Pferdenamen in eine Liste eingetragen und erklärt:

„Ihr müsst die Paddocks abends wieder sauber verlassen, Heu wird dreimal täglich verteilt."
„Jetzt hätte ich gerne einen Kaffee, aber ich habe Angst, in das Reiterstübchen dort zu gehen."
„Warum?", wunderte sich Natalie.
„Na, weil wir Westernreiter sind, Jeans tragen und hier offensichtlich so gerne gesehen sind, wie Mücken im schwedischen Sommer."

Es war acht Uhr, wir gingen zur Begrüßung in die Halle. Die Trainer stellten sich vor, der Ablauf wurde erklärt. Dann hatte ich Pause.
Das erste Training betraf Horsemanship at Halter, daran wollte ich nicht teilnehmen. Natalie holte schnell ihren Earl und führte ihn durch die Halle, ich wollte ihr zusehen. Da fing es plötzlich an, zu regnen. Es sah nicht danach aus, dass es gleich wieder aufhörte, der Himmel war rabenschwarz. Sicherheitsnadeln hatte ich dieses Mal mitgebracht, aber eine Regendecke für Flintstone nicht. Er trug nur eine Abschwitzdecke, damit er sauber blieb, falls er sich in den Sand legte, aber diese würde sich voll Regen saugen, und ohne Regendecke würde er gleich aussehen wie ein nasser Pudel. Wenn ich das verhindern wollte, musste ich schnell handeln. In das Stallgebäude durfte ich mit ihm ja nicht, in den Hänger wollte ich ihn nicht wieder stellen, also holte ich ihn und stürzte mit ihm in die Halle, gerade, bevor sich ein apokalyptischer Wolkenbruch vom Himmel ergoss.

Horsemanship at Halter ist eine Prüfung zur Vorstellung und Präsentation seines Pferdes an der

Hand. Sie wird also nicht geritten, sondern der Reiter
… nein, er reitet ja nicht, also der Halter hält sein
Pferd am Strick. Ich bin ja eher ein Typ, der ein
Pferd zum Reiten hat. Wenn ich neben etwas
herlaufen wollte, dann hätte ich mir einen Hund
angeschafft, aber draußen regnete es nun mal.
„Willst du auch noch mitmachen?", fragte mich die
junge Trainerin.
Ich nickte.
„Dann stell dich mit ins Line-Up!"
Ich zog Flintstone hinter mir her und parkte ihn
schön ordentlich neben den anderen Pferden. Die
Trainerin erklärte, was Horsemanship at Halter
eigentlich genau sei und worauf der Richter am
nächsten Tag achten würde. Flintstone stand ruhig
und entspannt neben mir.
„Und als Erstes steht man mit dem Körper zum
Pferd, den Strick in beide Hände und die Unterarme
in etwa neunzig Grad angewinkelt."
Kann ich den Strick meines Pferdes nicht halten, wie ich will?
Die Trainerin kam zu mir und drehte mich so, dass
ich nur die Ohren meines Pferdes sehen konnte,
aber vom sonstigen Geschehen nicht viel
mitbekommen würde. Die Armhaltung mit dem
Strick fühlte sich auch etwas albern an, aber okay,
draußen regnete es noch immer in Strömen.
„Wichtig ist auch die richtige Ausrüstung", fuhr die
Trainerin nun fort. „Die gängigen Show-Halfter
haben einen Draht im Leder eingearbeitet, den man
so biegen kann, dass der Kopf des Pferdes optimal
zur Geltung kommt."
Ich betrachtete die anderen Pferde und stellte fest,
dass alle Pferde richtig schicke Showhalfter trugen,

also diese Lederhalfter mit jeder Menge Silber
verziert. Nur der Haflinger neben mir trug ein
Nylonhalfter, aber das war zumindest mit Swarovski-
Steinen verziert. Flintstone trug sein altes Cord-
Halfter, welches an einer Stelle schon mit einem
Kabelbinder repariert war. Es war alt, aber es war
mein Lieblingshalfter. Morgen zum Turniertag wollte
ich das neue Halfter nehmen, das ich beim Barrel
Race gewonnen hatte. Vielleicht würde das Glück
bringen.
Die Trainerin begutachtete Pferde und Ausrüstung
und gab Tipps für den nächsten Tag. Plötzlich stand
sie vor mir und beäugte Flintstone skeptisch.
„Nimmst du morgen bei der Prüfung auch dieses
Halfter?", fragte sie mit einem Unterton, der
eigentlich schon eine verneinende Antwort
voraussetzte.
„Oh nein", erwiderte ich schnell, „ich nehme
morgen gar nicht teil. Ich mache heute nur mit, weil
es draußen gerade so regnet …"
Am Blick der Trainerin konnte ich erkennen, dass
Ehrlichkeit nicht immer gut ankam. Ich hätte jetzt
wirklich einen Kaffee gebrauchen können.

Nach dieser Begutachtung der Ausrüstung musste
man eine sehr anspruchsvolle Pattern mit seinem
Pferd laufen. Also bis zur ersten Pylone im Schritt,
dann im Trab um die zweite Pylone herum und dann
vor dem Richter noch eine Wendung. Oh weia,
hoffentlich konnte ich mir das merken!
Als die zwölf Pferde vor mir fertig waren, hatte ich
den Ablauf voll drauf. Ich zog Flintstone zur ersten
Pylone und wurde schon unterbrochen.

„Das Pferd muss den ersten Schritt machen, es sieht ganz schlecht aus, wenn du dein Pferd hinter dir herziehen musst. Auf leichtes Nachvornenehmen der Arme sollte dein Pferd antreten."
Ich nahm die Arme sogar sehr deutlich nach vorne, aber Flintstone sah darin keine Veranlassung, sich zu bewegen. Ich zog ihn kräftig und merkte, wie die Trainerin das Gesicht verzog. An der zweiten Pylone sollten wir antraben, aber Flintstone dachte gar nicht daran. Praktischerweise hatte ich den Strick ja wie vorgegeben durch beide Hände gezogen, also benutzte ich die äußere Hand, um den Strick hinter mir gegen Flintstones Hintern zu schlagen. Sofort wurde er etwas fleißiger, aber die Trainerin schrie sofort auf.
„Moment!"
„Ja, ich weiß, das sieht auch nicht so gut aus, wenn ich mit dem Strick nachhelfe, aber Flintstone ist noch müde …"
Eigentlich war es ja auch egal, was ich sagte, denn ich war sowieso unten durch.
Nach der Drehung des Pferdes vor dem Richter umrundete der Richter noch das Pferd. So ein Pferd muss man sich schließlich von allen Seiten genau ansehen. Wenn der Richter von der einen Seite des Pferdes auf die andere wechselt, muss ich wieder auf die andere Seite oder umgekehrt. Natürlich durfte man auch nicht einfach loslaufen, sondern setzte den einen Fuß elegant vor den anderen und machte so einen Ballettschritt bis auf die andere Seite. Also mit anderen Worten: Halter-Prüfungen waren für mich absoluter Blödsinn. Beim üben des Ballettschrittes

um mein Pferd herum nahm ich mir vor, das ich das nächste Mal besser im Regen stehen bleiben würde!

Nach dem Halter-Training konnten wir die Pferde satteln und für die Horsemanship-Übung trainieren. Eine andere Trainerin, die mir gleich viel sympathischer war, erteilte uns Tipps und Ratschläge. Es machte richtig Spaß. Auch in den Trainingssessions für Trail und Reining präsentierte sich Flintstone von seiner besten Seite. Wir waren gut gerüstet für das Turnier am nächsten Tag; ich war sehr gespannt, wie mein erstes Reiningturnier ausgehen würde. Die Stops und Spins waren noch weit davon entfernt, wirklich gut zu sein, die Galoppwechsel klappten mal recht gut und dann wieder mal nicht so gut. Viele Punkte würden Flintstone und ich bei den Galoppzirkeln bekommen und auch Speed-Control, also den Wechseln von den großen schnellen auf die langsamen kleinen Zirkel, konnten wir schon richtig perfekt.

Der nächste Morgen hätte für mich eigentlich viel später starten können, aber Natalie wollte ja unbedingt auch an der Halterprüfung teilnehmen, und so mussten wir wieder um acht Uhr im Stall sein. Insofern hatte ich immerhin Zeit genug, Flintstone in aller Ruhe zu bürsten, bis sein grau-schwarzes Fell glänzte. Für das Turnier hatte ich ein weinrotes Blanket mit Lederapplikationen gekauft, was perfekt zu meiner weinroten Bluse passte, die ich diesmal trug. Das dunkle Fell von Flintstone passte zu meiner schwarzen Jeans und dem schwarzen Hut. Selbst wenn wir uns wie blutige

Anfänger zeigen sollten, unser Aussehen war makellos, als wir zur ersten Prüfung in die Halle ritten: Pleasure, die Disziplin, bei der wir auf dem letzten Turnier einen verknacksten Fuß zu verantworten hatten.

Diesmal begann alles gut. Flintstone war leicht zu kontrollieren. Nach der Hälfte der Prüfung, als wir auf einer Seite Schritt, Trab und Galopp gezeigt hatten und nur noch die andere Hand an die Reihe kommen sollte, entspannte ich mich und hatte richtig Spaß. Nach dem Reverse gab es diesmal etwas Neues. Wir mussten alle die Füße aus den Steigbügeln nehmen und ohne Steigbügel traben. Damit konnten die Richter den Sitz des Reiters besser beurteilen. Danach konnten wir die Steigbügel wieder aufnehmen. Vor mir trabte ein dunkler Quarter in für Flintstone zu langsamen Tempo. In der Ecke startete ich ein Überholmanöver. Gerade, als wir genau neben dem Quarter trabten, kam das Kommando zum Angaloppieren. Der Quarter galoppierte sofort an, bevor ich überhaupt reagieren konnte, verlegte Flintstone seinen ersten Galoppsprung zur Seite und drückte den dunklen Quarter mit seinem Hinterteil an die Bande. Ich sah vor mir zwei sich angiftende Pferdeköpfe und piekte Flintstone heftig den Sporen, der zwischen beiden Pferden eingeklemmt war, in die Seite. Nach zwei Galoppsprüngen hatte sich Flintstone von dem dunklen Quarter gelöst, und wir galoppierten zügig vorbei. Ich wurde immerhin nicht sofort der Halle verwiesen, also zwang ich mich und Flintstone wieder zur Konzentration.

Nach der Prüfung erfolgte nach einer kurzen Pause sofort die Siegerehrung. Flintstone und ich hatten uns immerhin und trotz des kleinen Bodychecks auf den sechsten Platz geritten. Der Kommentar der Richterin war: „Dein Pferd ist wirklich schön gelaufen, aber es gibt Punktabzug, wenn es andere Pferde mit seinem Hintern an die Bande drückt."

Die Horsemanship-Prüfung ging ich mit dem Wissen, dass Flintstone so schön läuft, gleich viel entspannter an. Die Pattern war wirklich leicht zu merken. An der dritten Pylone angaloppieren und einen halben Zirkel bis zur vierten Pylone. Kurz vor der dritten Pylone verspannte Flintstone sich, sein Hals bog sich. Panisch fixierte er die Pylone, an der er am Vortag noch locker angaloppiert war. Er drehte ab und widersetzte sich mir, als ich nochmal neu anreiten wollte. Nach der zweiten Verweigerung war ich disqualifiziert und brauchte an der Railwork nicht mehr teilnehmen. Beim Absatteln fragte ich mich selbst: „Warum?" Flintstone kannte die Halle, kannte die Pylone und die Aufgabe vom Vortag. Aber offensichtlich hatte er das gerade vergessen. Danach war erst mal Mittagspause. Es wurde gegrillt. Natalie und ich setzten uns mit unseren Grillwürstchen in die Sonne. Das Allerbeste überhaupt an einem Westernturnier ist die Atmosphäre. Der Pferdegeruch, die Countrymusik, die ich nur in Verbindung mit Pferdegeruch ertragen kann, die Spannung und die ganzen Menschen in Verkleidung.
Ja überhaupt die Menschen in Verkleidung. Da gab es drei Hauptgruppen von Kleidungsstilen auf

Westernturnieren, natürlich mit Untergruppen. Die erste Gruppe – nennen wir sie mal „Pleasure-Stil" – trug bunte, glitzernde und zum Teil grelle Slinkys, die in den Augen brannten. Slinkys sind enganliegende Rollis aus elastischem Stoff, die mich immer an den Turnunterricht in der Schule erinnerten, nur dass in der Schule die Farben sehr viel gedeckter waren. Die Jeans war meist mit einer glitzernden Gürtelschnalle verziert, natürlich war auch das Blanket des Pferdes farblich perfekt auf den Turnanzug der Reiterin abgestimmt. Die zweite Gruppe war eher im Reining oder auch den Rinder-Disziplinen beheimatet. Jeans und eine Showbluse. Statt greller Rollis waren bei diesen Reitern Hemden und Blusen angesagt, deren Stil von schlicht über klassisch bis hin zu Hemden mit Glitzerapplikationen, Sternchen, Amerika-Flaggen oder farblich auffallenden und geschmacklich fragwürdigen Farbkombinationen ging. Die dritte Gruppe hatte dieses Aufbrezeln mit Turnierkleidung ihrer Meinung nach nicht nötig, entweder, weil sie sich überschätzte oder einfach noch nicht wusste, wie ein Westernreiter von Welt sich für ein Turnier zu kleiden hatte. Diese Leute trugen irgendein langärmeliges Hemd, das durch ein ausgewaschenes Karomuster nach Präriedurchquerung aussah. Der schon verbogene Hut hatte augenscheinlich im letzten Tropenurlaub schon viel Schweiß aufgesaugt, saubere Stiefel wurden nach ihrer Meinung auch überschätzt – schließlich mussten sie am Morgen noch ihren Mustang aus dem Schlamm ziehen.
Außerdem konnte man die Teilnehmer nach anderthalb Tagen auch in drei Motivationsklassen

unterteilen. Die erste Gruppe hatte das Gewinnen psychisch wirklich nötig. Diese Teilnehmer zeigten ihre Enttäuschung über einen nichtgewonnenen Platz deutlich, ließen es manchmal auch an ihrem Pferd aus und ritten verbissen sowie verspannt zur nächsten Prüfung. Die anderen Teilnehmer wurden als Konkurrenten gesehen. Freundliche Versuche, ein Gespräch in Gang zu bringen, wurden mit kalter Miene im Ansatz erstickt. Die zweite Gruppe war nur zum Spaß hier. Diese Leute freuten sich über eine gewonnene Schleife, waren aber auch nicht sonderlich enttäuscht, wenn sie nichts gewannen. Sie gaben sich freundlich und freuten sich über den Sieg der anderen. Das sagten sie zumindest, während sie den Gewinnern gratulierten und ihnen freundlich auf die Schulter klopften. Dann drehten sie sich um und ärgerten sich innerlich doch ein bisschen, dass nicht sie gewonnen hatten oder dass ihr eigenes Pferd nicht besser gelaufen war. Die dritte Gruppe bestand aus blutigen Anfängern – zum ersten oder zweiten Mal auf einem Turnier. Sie hatten sich angemeldet, um es einfach mal auszuprobieren oder einfach ein schönes Wochenende mit ihrem Pferd unter anderen Pferdeleuten zu haben. Ihnen war der Ablauf und die Verhaltensweisen noch fremd. Sie konnten sich und ihr Pferd auch im Vergleich zu den anderen Teilnehmern nicht einschätzen und freuten sich noch tief und ehrlich über eine gewonnene Schleife. Lediglich diese Spezies war wirklich nicht sonderlich enttäuscht, wenn sie nicht platziert wurde. Diese Menschen waren glücklich, wenn ihr Pferd in ihren Augen das Beste gegeben hatte. Aber wie gesagt, diese Gruppe beinhaltete nur Turnierstarter. Nach ein, zwei Turnieren hatte man entweder genug von dieser Glitzerwelt und kehrte zurück in den heimischen Wald oder man stieg in die zweite oder – Gott bewahre – sogar in die erste Motivationsgruppe auf.

„Zu welcher Gruppe gehörst du?", wollte Natalie plötzlich wissen.
Ja, zu welcher Gruppe gehörte ich? Gute Frage! Also irgendwann zwischen dem ersten Turnier und vor dem zweiten Turnier war ich wohl von Motivationsgruppe drei in zwei aufgestiegen. Ja, ich denke Gruppe zwei passt, allerdings in abgeschwächter Form, aber immerhin habe ich ja auch eine Wette zu gewinnen. Ich bin schließlich nicht nur zum Vergnügen hier.
Irgendwie korreliert auch die Motivationsgruppe mit der Outfit-Gruppe. Auf dem ersten Turnier hatte ich in meinem Kleiderschrank nach einer weißen Bluse gesucht, die zwar noch gut genug für das Turnier sein würde, aber natürlich auch nicht die beste Bluse, weil man die Flecken, die so ein Pferdetag verursachen könnte, vielleicht auch nicht mehr raus bekommen könnte, man will sich ja nicht die beste Bluse versauen. Für dieses Turnier heute hatte ich mir immerhin eine Westernbluse gekauft, auch Flintstones Outfit stimmte ich mit meinem Outfit ab.
Ich denke, bis jetzt war alles klar. Ich müsste nur aufpassen, dass ich nicht noch weiter raufrutsche. Schließlich tat ich das doch eigentlich – mal unabhängig von dieser Wette – nur zum Spaß.

„HALLO? Bist du nicht in der Gruppe 4A?", schrie mich Natalie an.
„Ja, wieso?"
„Na, weil deine Trail-Prüfung gleich startet."
„Ach so."
Ups – hätte ich fast die nächste Prüfung verpennt! Ich sprang auf und registrierte, dass die Teilnehmer meiner Gruppe schon mit gesatteltem Pferd vor der Halle auf ihren Start warteten.
„Was machst du jetzt?", fragte ich Natalie.
„Was soll ich machen? Ich mache Trail doch nicht mit. Earl mag keine Hindernisse …"
„Dann quatsche nicht rum, sondern helfe mir, schnell Flintstone zu satteln!"
Wir liefen gemeinsam ins Stallgebäude. Nur drei Minuten später stand ich mit Flintstone gesattelt und gestriegelt vor der Reithalle zwischen den anderen Startern.

Mittlerweile waren auch Frank und Julian gekommen und drückten mir die Daumen, als ich in die Halle ritt.
Wo war nochmal der Anfang? Ach ja, zuerst das Tor…
Ich ritt mit Flintstone Richtung Tor. Routiniert und relaxt stellte er sich brav neben das Tor, während ich es öffnete. Ebenso marschierte er hindurch, und ich schloss das Tor. Jetzt trabten wir an, über vier Trabstangen, dann halbe Runde Galopp, rückwärts durch das Stangen-L, seitwärts über zwei Stangen und ohne mit der Wimper zu zucken über die Brücke. Wieder Traben in das Viereck und dort eine dreihundertsechzig Grad Drehung rechts rum. Alles gut geklappt, nur leider ausgeschieden. Die

Rechtsdrehung war falsch herum, also das andere
Rechts hätte ich nehmen müssen.
Na ja, für meine Wette zählten ja sowie nur die
Reining-Schleifen.
Wie kann man nur so blöd sein?
„Och Schatz, das nächste Mal mache ich dir Pfeile
auf die Hand …", tadelte mich Frank. Es sollte wohl
nett klingen, war aber wenig hilfreich.

Im Reining gab sich Flintstone richtig Mühe. Er war
locker, auch wenn die Stops und Spins noch nicht
perfekt waren, reichte es für einen fünften Platz und
unsere erste Schleife im Reining. Der Tag war
gerettet.

Die nächsten Turniere liefen ähnlich ab, nur dass
Flintstone und ich von mal zu mal routinierter
wurden. Am Vorabend packte ich alles benötigte
Equipment und was man sonst noch so im Falle
eines Falles benötigen könnte, ins Auto. Flintstone
wurde immer zuverlässiger und motivierter. Ihm
schien die Abwechslung ebenfalls Spaß zu machen.
Wir gewannen auf fast jedem Turnier Schleifen im
Trail und immer öfters auch eine Reiningschleife.
Mein Trainer Samy schimpfte irgendwann, als ich
statt einer Hinterhandwendung eine
Mittelhandwendung mit Flintstone machte: „Das
war keine Hinterhandwendung, das war eine
Mittelhandwendung! So einen Mist braucht man
höchstens beim Trailreiten oder solchem
Kinderkram!"
Ich glaube, er wusste mittlerweile, wie ich immer
mehr Wochenenden mit Flintstone verbrachte. Aber

ich sagte nichts dazu. Trail machte mir einfach auch Spaß.
Wenn Elena und ich uns trafen, brachten wir unsere gewonnenen Schleifen mit und stellten gespannt den Zwischenstand unserer Wette fest. Anfangs führte Elena, aber ich holte weiter auf. Auch unsere Familie verfolgte den Stand der Wette und motivierte uns für die jeweils nächsten Turniere.

Kapitel 7: Neuland

Heute Morgen hatte Samy mal wieder schlechte Laune. Seine Körperhaltung, seine Ausstrahlung und seine ganze Aura wirkten bedrohlich. Ich hatte mittlerweile gelernt, an solchen Tagen dem Boss aus dem Weg zu gehen, unauffällig meine Arbeit zu verrichten und ihn auch nicht unnötig anzusprechen. Ich hievte möglichst ruhig den Sattel auf die Zuchtstute, die ich als Nächstes reiten wollte und nahm mir die Trense vom Haken.
„Was soll das? Wer hat dir gesagt, dass du Kind of Magic mit einem Correctional reiten sollst?", schnauzte mich Samy an.
„Eigentlich du … letzte Woche."
„Ja, an dem Tag war sie schlecht drauf, aber jetzt reitest du sie wieder mit Wassertrense."
„Gut!" Ich hing die Trense mit dem Correctional wieder an den Haken und nahm mir eine Trense mit Wassergebiss.
„Was ist mit Lady´s Moon Light?", schnauzte er wieder.
„Was soll mit ihr sein?"
„Reitest du die danach?"
„Nein, eigentlich ist die erst morgen dran …"
„Reite sie heute!"
„Dann muss ich aber ein anderes Pferd heute stehenlassen."
„Warum?"
„Weil Überstunden hier sehr schlecht bezahlt werden und ich Julian abholen muss."
Okay, ich könnte auf das Training mit Flintstone verzichten, aber warum?

Samy holte Luft und wollte gerade loslegen, als Miri rief.
„Vater, ich glaube mit Thunderbird stimmt etwas nicht, kannst du mal kommen?"
Samy schüttelte nur kurz den Kopf und verschwand.

Ich profitierte von den vielen Stunden auf unterschiedlichen Pferdetypen, aber langfristig musste ich mir wieder einen richtigen Job suchen. Das war mir klar. Das Training mit Flintstone machte mir nicht mehr so viel Spaß wie früher. Man sollte eben sein Hobby nicht zu seinem Beruf machen; eigentlich war dies hier ja auch kein richtiger Beruf für mich. Es war nur eine Übergangslösung.
Lustig, dass genau an diesem Nachmittag Ingo, mein Ex-Chef, bei mir anrief und mir meine alte Stelle anbot.
„Warum auf einmal?", fragte ich belustigt.
„Ja, also, wir haben gerade einen Engpass und da du immer eine zuverlässige, kompetente und sehr geschätzte Mitarbeiterin warst, würde ich dir gerne wieder diese Chance geben."
Schleimer!
„Was genau, meinst du mit Engpass?"
„In meinem Team sind zwei Mitarbeiterinnen ausgefallen; ich kann so schnell niemanden Neues finden und vor allem nicht so schnell einarbeiten."
„Welche Kollegen sind ausgefallen und warum?"
„Bist du an der Anstellung jetzt interessiert oder nicht?"
„Ich würde gerne wissen, wer aus dem Team noch übrig ist und wer wie lange ausgefallen ist. Ist es nur

für eine Woche oder eine längerfristige Angelegenheit?"

„Ach so, nein, es ist schon längerfristig. Katrin und Frauke werden beide für mindestens zwei Jahre in Elternzeit gehen. Sie bekommen jede ein Kind."

Jetzt war ich echt platt, aber ließ es mir natürlich nicht anmerken.

„Oh, das freut mich aber für die beiden …"

„Ja, Katrin wurde von ihrem Freund Eduard oder so ähnlich komplett umgedreht. Sie war stets so zielstrebig; auf einmal macht sie einen auf Familienmensch und Mama. Das passt doch gar nicht zu ihr", klagte Ingo.

„Und Frauke? Haben sie und ihre Freundin ein Kind adoptiert oder sagtest du gerade, sie sei auch schwanger?"

„Nein, sie ist schwanger."

„Ah, also der One-Night-Stand, sozusagen das Opfer für ihr großes Kinderglück."

„Na ja, Opfer kann man wohl nicht sagen …", knirschte Ingo.

„Wieso nicht? Sie erzählte mir doch, dass sie für ihren Kinderwunsch auch Opfer bringen würde. Sie hat einen One-Night-Stand geplant."

„Nein, das glaube ich nicht. Es war sicher ein Versehen …"

Ups, was ging denn jetzt ab?

„Ingo, ist der Vater … jemand aus dem Labor?"

„Also, das geht nur Frauke und mich was an!"

„DU und Frauke? Jetzt verstehe ich überhaupt nichts mehr? Ist sie keine Lesbe mehr?"

„Nein, wir haben uns getrennt … nach der Nacht …"

Also doch der One-Night-Stand als Opfer für den Kinderwunsch, aber das mit dem eigenen Chef, Frauke hatte Schneid!
„Ich würde einen unbefristeten Vertrag erhalten?"
„Ich wollte dir einen Zwei-Jahresvertrag anbieten."
„Und was ist danach?"
„Es ist doch erst mal besser, als arbeitslos zu sein, oder?"
„Aber ich bin doch gar nicht arbeitslos. Ich müsste meinen momentanen Job kündigen, um bei dir wieder anzufangen und dann nur für einen befristeten Vertrag, also ich weiß nicht ..."
„Du hast wieder einen Job gefunden?"
„Ja, klar! Warum nicht?"
Dass ich dabei statt im Laborkittel jetzt in Reitjeans rumlief, ließ ich an dieser Stelle unerwähnt, aber Ingo fragte auch nicht danach.
„Ach so, also über die Vertragsgestaltung könnten wir noch mal reden."
„Nein, ich glaube, ich bin nicht interessiert."
„Wie bitte?"
„ICH BIN NICHT INTERESSIERT!", wiederholte ich etwas lauter.
Der Anruf fühlte sich unbehaglich an. Ich hatte das Gefühl, als wäre der Job im Labor schon Jahre her. Ich wollte irgendwie nicht zurück. Ich hatte mich verändert.
Ich legte auf und musste schmunzeln. Nun fiel mir auf, was für ein Weichei mein Ex-Chef schon immer gewesen war. Erst jetzt, wo ich einen texanischen Cowboy mit Stimmungsschwankungen so groß wie die Rocky Mountains zum Chef hatte, einen, der Tacheles reden konnte, wurde mir der Unterschied

der beiden Führungsstile bewusst. Besser umgehen konnte ich merkwürdigerweise mit Samys Stil. Er sagte wenigstens, was Sache war, während Ingo immer den fürsorglichen Vorgesetzten mimte und einem dann die Kündigung vorlegte, was mich total unvorbereitet getroffen hatte. Samy würde mich sicherlich anschreien: „Noch mal so was und du kannst verschwinden!". Unvorbereitet würde es mich jedenfalls nicht treffen. Ich ertappte mich dabei, die raue Cowboyart, die ich oft als ein wenig unhöflich empfand, im Inneren meines Herzens doch als die ehrlichere und offenere Art zu empfinden.
Dennoch würde ich nach der Wette einen anderen Job suchen und bei Samy aufhören. Es war jetzt eine Zeitlang in Ordnung, und ich war Samy dankbar dafür. Es tat mir gut, wieder Geld zu verdienen und zu arbeiten. Ich wurde durch das viele Reiten körperlich richtig fit, aber es war eben nur ein Job.

Nachdem wir das letzte halbe Jahr viele Wochenenden auf Westernturnieren verbracht hatten, waren wir zu einer richtig eingespielten Pferdefamilie geworden. Julian wusste schon was zu tun war, wenn Mama kurz vor dem Start nervös wurde.
„Mama, alles guuut!", beruhigte er.
Sah er an Flintstones Beinen oder Schweif noch einen Fleck, Stroh- oder Heuhalm hängen, flitzte er schnell zur Putzbox, holte eine Bürste und behob das Problem selbstständig. Makel, wo er nicht drankam, wurden laut verkündet.
„Mama, Pääääd schief" oder „Da Fleck" oder „Mama, der Hut fehlt."

Julian und Frank hatten den Turniersupport echt drauf. Bei so viel Pferdegeruch blieb es nicht aus, dass wir irgendwann darüber nachdachten, auch für Frank ein Pferd zu kaufen. Er ritt hin und wieder auf Flintstone; es machte ihm mehr und mehr Spaß. Hätte Frank ein eigenes Pferd, könnte man natürlich auch zusammen mal reiten. Auch schöne entspannte Ausritte waren dann gemeinsam möglich. Ich sah sogar schon Julian auf einem Pony hinter Frank und mir durch den Wald reiten.

Frank hatte jedoch für einen Anfänger ziemlich genaue Vorstellungen, wie sein Pferd sein sollte. Es sollte nicht braun sein, solche Pferde gab es wie Sand am Meer. Helle Pferde musste man so viel putzen, weshalb Schimmel und Palominos ebenfalls ausschieden. Am liebsten hätte er ein schwarzes Pferd, sehr dunkelbraun oder grau wie Flintstone. Es sollte auch ein Westernpferd sein, weil Westernreiten viel cooler war – für Männer sowieso. Erstmal wollte er damit nur durch den Wald reiten, aber später hätte er vielleicht auch Lust auf den Turniersport, weshalb das Pferd natürlich Potenzial haben sollte. Auf jeden Fall sollte es schon reitfertig trainiert sein. Frank war groß, weshalb er auch nicht ein kleines, zierliches Westernpferd wollte, sondern auf jeden Fall ein Stockmaß über einen Meter fünfzig.

Ich setzte mich also ans Internet und suchte nach passenden Pferden. Die meisten Trainings- und Verkaufsställe hatten nur wenige Angaben zu den Pferden; auf pixeligen Fotos konnte man gerade erkennen, dass ein Pferd abgebildet war. Größenangaben existierten fast nirgendwo, und mit der Beschreibung des Wesens eines Pferdes hielt sich auch niemand auf. Für uns waren das jedoch wichtige Informationen, da ich nicht durch halb Deutschland fahren wollte, um bei einem Pferd anzukommen, das vielleicht vom Charakter nicht in unsere Familie passte. Wir hatten schließlich ein kleines Kind, da wollten wir uns kein Problempferd anschaffen. Unter den Privatanzeigen war oft zu lesen „Kein Anfängerpferd", was für mich bedeutete, dass das Pferd schlecht erzogen war und einen Profi brauchte. Oder es stand „unsere Mausi ist nur mit Schutzvertrag in pferdefreundliche Haltung abzugeben". Schutzvertrag – ich lasse mir doch nach dem Kauf nicht noch erzählen, wie ich mit dem Pferd umgehen sollte. Entweder mein Pferd oder nicht! Im Prinzip wurde ich, je mehr Anzeigen ich inspizierte, immer unsicherer, welches Pferd ich mir mit Frank überhaupt ansehen sollte.

Beim nächsten Training fragte ich Samy nach seinen Verkaufsanzeigen.
„Samy, mir ist aufgefallen, dass auf deiner Internetseite die meisten Verkaufspferde nur sehr wenige Angaben haben, schlechte Fotos und viele sogar gar keine Fotos."
„Ich bin Züchter und Trainer, kein Fotograf!", bellte Samy zurück.
„Ich meine ja nur, dass du doch sicher deine Pferde viel besser verkaufen könntest, wenn du etwas mehr in Marketing investieren und …"
„Ich habe mit Marketing nichts am Hut!", unterbrach Samy mich.
„Aber …"

„Aber was? Ich verkaufe meine Pferde auch ohne diesen ganzen Marketingkram, dafür haben wir hier keine Zeit!", damit verschwand er Richtung Stallgebäude.
„SAMY!", rief ich und lief schnell hinterher.
„Nehmen wir mal an, jemand würde dir diese Arbeit abnehmen …"
Samy blieb stehen und guckte mich ungeduldig an.
„Das würde er sicher nicht umsonst tun, und was hätte ich davon?"
„Nehmen wir mal an, jemand erledigt diese Arbeit, macht richtig tolle Fotos von den Pferden, ja … vielleicht auch kleine Videos, auf denen man die Pferde in Bewegung sehen kann, er sammelt alle wichtigen Daten über das Pferd und bringt sie professionell ins Internet auf einer …" jetzt sprudelten auf einmal Ideen nur so aus mir heraus.
„… auf einer Plattform, wo Interessierte alle für sie relevanten Informationen finden. Dort entdecken sie auch Informationen über deinen Trainingsstall und deine Ausbildungspraktiken, deine Philosophie und so weiter. Die Nachfrage wäre viel größer und sagen wir, du könntest dann ein Pferd nur für 500 Euro mehr verkaufen, würde eine Provision von 500 Euro dir nicht wehtun, aber die Vorteile wären, dass du deine Pferde vielleicht viel schneller verkaufst, dir die Arbeit sparen kannst und dennoch aber ein professionelles Erscheinungsbild im Internet bietest. Deine Pferde und dein Name würden viel bekannter werden." Ich holte Luft und versuchte, Samys Gesichtsausdruck zu analysieren.
„Was hast du gemacht, bevor du zu mir gekommen bist? Warst du Verkäuferin oder so was?"

„Chemikantin"
„Habe ich dich richtig verstanden, dass du eine Verkaufsprovision von 500 Euro pro Pferd willst, das ICH verkaufe?"
„Nicht ganz, eine Verkaufsprovision würde ja erst nach erfolgreichem Verkauf anfallen. Ich dachte eher daran, dass dieser Jemand eine Dienstleistung erbringt, die eine Bezahlung erfordert, wobei 500 Euro nur so ein Beispiel war, aber wie gesagt, keine Fotoarbeiten mehr, ein richtig professioneller Auftritt und du konzentrierst dich auf die Ausbildung deiner Pferde …"
„100 Euro pro Pferd!", sagte plötzlich Samy ganz überraschend.
„300, aber auf 250 lasse ich mich runterhandeln."
Samy drehte sich um und ging ins Stallgebäude. Ich blieb bedröppelt auf dem Hof stehen.
Scheiße, zu hoch gepokert!
Mein Stolz verbot mir, hinterherzurennen und die hundert Euro zu akzeptieren. Aber wahrscheinlich war es sowieso eine idiotische Idee. Ich hätte mich gerade fast wieder in etwas hineinmanövriert.
„Okay, 250 Euro, ich will ein Beispiel mit drei Pferden sehen, wenn mir das nicht gefällt, dann vergessen wir´s!"
Ich hatte mich also wieder in etwas hineinmanövriert!

Jill war eine alte Freundin von mir, mit der ich aber schon seit Jahren keinen Kontakt mehr gehabt hatte. Wir hatten uns beide verändert, unsere Freundschaft erkaltete einfach irgendwann. Sie wurde auch wirklich sehr komisch, kleidete sich irgendwie schluderig, redete über Tierschutz, Verschwendung von Lebensmitteln und die Gewissenlosigkeit der Wegwerfgesellschaft. Ich hatte immer ein schlechtes Gewissen der Umwelt, der Tierwelt und der hungernden Weltbevölkerung gegenüber, sobald ich mit ihr zusammen war, also trafen wir uns irgendwann nicht mehr. Andererseits sollte man Freundschaften auch nicht einfach so wegwerfen, wie eine Einwegflasche, also beschloss ich, unsere Freundschaft zu recyceln. Ein wesentlicher Punkt bei diesen Überlegungen war, dass Jill hauptberuflich Computerspiele programmierte. Zumindest hoffte ich, dass sie das noch tat und nicht hauptberufliche Aktivistin bei Greenpeace geworden war. Jetzt brauchte ich noch einen Grund für einen Anruf. Schließlich wollte ich nicht direkt mit der Tür ins Haus fallen. Das würde ja so aussehen, als nehme ich nur wieder Kontakt mit ihr auf, weil ich etwas von ihr wollte.

Ich nahm mir also vor, Jill anzurufen. Einen Vorwand hatte ich mir auch bereitgelegt. Ich wollte schon lange unseren Stromvertrag kündigen und atomfreien Strom beziehen. Jill könnte mir sicher sagen, wie das am besten funktionierte. Ja, das erschien mir ein plausibler Grund für eine erneute Kontaktaufnahme. Ich wählte ihre Nummer.

„Jill Liebherr."

„Hallo Jill, hier ist Sandy."

Kurze Denkpause.

„Jill? Sandy, von damals … Sandra Bertani."

„Sandy – JA! Hallo wie geht es dir?"

Mensch, der Euro fiel aber centweise!

„Gut, und wie geht es dir?"

„So gut wie noch nie! Was ist denn bei dir in den letzten Jahren so passiert? Bist du verheiratet? Hast du vielleicht diesen Fred, oder wie hieß der, geheiratet? Hast du Kinder?"
„Frank hieß der, und ja, ich habe ihn geheiratet. Wir haben einen wundervollen Sohn."
„Mensch cool!"
„Und du? Bist du auch verheiratet?"
„Nein, geschieden, jetzt lebe ich alleine mit vier Katzen."
„Ähm …, toll!"
„Was ist so aus dir geworden? Beruflich meine ich …"
„Ich bin eigentlich Chemikantin."
„Chemikantin?", echote Jill nun angewidert.
„Ne, also ich arbeite aber nicht mehr als Chemikantin, ich arbeite zurzeit mit Pferden …"
„Das klingt interessant. Erzähl doch mal!"
„Also ich trainiere sie und na ja …, das hat sich so ergeben …"
„Ja, im Leben ergeben sich manchmal seltsame Dinge. Ich war ja damals Programmiererin, aber sie haben mich rausgeschmissen, nachdem ich eine Studie veröffentlicht hatte, in der ich einen direkten Zusammenhang zwischen Softwareunternehmen und der globalen Erwärmung durch Stromverbrauch hergestellt habe. Ich war nicht mehr tragbar für die Branche."
„Und was machst du jetzt?"
„Ich engagiere mich für verschiedene Naturschutzvereine."
Scheiße!
„Das klingt … toll", log ich.

„Ja, ich habe auch noch nie so eine tiefe
Befriedigung empfunden."
„Das glaube ich."
„Weswegen rufst du eigentlich an?"
„Weswegen ich anrufe?"
„Ja, es ist so lange her …"
„Ja, genau deswegen rufe ich an, also weil …"
… weil ich den Stromanbieter wechseln will ???
„… weil ich dich was fragen wollte."
„Na, los, dann frag mich!"
„Ich wollte dich fragen, ob du mir etwas
programmieren kannst, aber wenn du die
Programmiererei aufgegeben hast, hat sich das wohl
erledigt."
„Aufgegeben nicht, ich erstelle Datenbanken für die
Naturschutzverbände, ich hacke mich auch ein
wenig in fremde Systeme und Unternehmen, um an
Daten zu kommen und Schweinereien aufzudecken,
aber pssst ..."
„Ja ne, klar!"
„Was brauchst du denn?"
„Ich brauche eine Plattform für den Verkauf von
Pferden. Ich stelle mir eine grüne Wiese oder so vor,
auf der verschiedene Pferdeställe stehen. An einem
Infopoint kann ich dann angeben, was ich eigentlich
für ein Pferd suche, also beispielsweise ein
Westernpferd oder ein Springpferd, Hengst, Wallach,
Stute oder auch sportliche Eignung. Der Infopoint
gibt mir dann entsprechende Vorschläge –
beispielsweise die Pferde x, y und z im Stallgebäude
von Züchter Dingsbums. Dann bewege ich mich
also zu diesem Stall. Das Ganze soll optisch
ansprechend sein, also der Stall vom Züchter

Dingsbums soll dessen Logo oder so über dem Eingang tragen, es soll sauber und ordentlich aussehen, mir werden die entsprechenden Pferdeboxen markiert. Wähle ich eine Pferdebox aus, erhalte ich alle Informationen zum Pferd, inklusive Fotos und eines Videos. Ich will auch noch so eine allgemeine Information in jedem Stall haben, ein schwarzes Brett oder so, wo der Züchter alle Informationen, die er preisgeben möchte, also Trainingsmethoden und Grundsätze, Turniererfolge, vielleicht auch Termine und so weiter veröffentlichen kann. Und – ja, es muss auch eine Funktion vorhanden sein, wo ein Interessierter noch eventuell Fragen stellen kann. Die Frage muss dann per E-Mail weitergeroutet werden. Die Verkaufspferde und weitere Inhalte ändern sich natürlich ständig. Das müsste für einen Programmierlaien, wie mich, erlernbar sein. Das müsstest du mir dann zeigen. Kannst du so was hinbekommen?"
„Das klingt mir alles ein wenig … kapitalistisch."
Ja und?
„Also, es hat immerhin mit Tieren zu tun, die ein neues … Zuhause suchen." versuchte ich Jill zu überzeugen.
„Ich weiß nicht …", überlegte Jill.
„Natürlich würde ich dich dafür bezahlen, hoffe jedoch, dass du mir einen guten Preis machst …"
„Verkaufspferde sind keine herrenlosen Katzen, die ein neues Zuhause suchen!"
„Es sind Tiere, die im Verkaufsstall auf jemanden warten, bei dem sie sich zu Hause fühlen können. Sie warten auf einen Besitzer, der stolz ist, das Pferd zu

besitzen und zu verwöhnen …, wo es nicht wie im
Verkaufsstall nur ein Verkaufsobjekt ist."
„Na ja, ich werde mal überschlagen, wie viel
Aufwand das ist."

Es dauerte knapp zwei Wochen, bis sich Jill wieder
meldete. Sie versprach mir, sie würde mir die
Pferdeverkaufsplattform programmieren und mir
zeigen, wie ich die Verkaufspferde dann selber
einpflegen könnte, aber sie würde dafür auch eine
Gegenleistung von mir erwarten.
Ich sollte bei Greenpeace eintreten und damit auch
einen Beitrag für die Erhaltung unserer Natur leisten.
Das wäre ihr ein wichtiges Anliegen. Dafür würde sie
mir den Prototyp meiner Verkaufsplattform auch
umsonst programmieren, aber ich müsste natürlich
hin und wieder vorbeikommen und ihr erklären, wie
es genau aussehen sollte.
Ein gutes Angebot … oder doch nicht? Ich würde
Abende bei einer einsamen Naturschutzaktivistin
verbringen und wahrscheinlich Dinkelkekse essen,
während wir über Greenpeace und die
Verschwendung unserer Ressourcen diskutierten.
Aber da musste ich wohl jetzt erst mal durch.

Samy zeigte mir drei seiner Verkaufspferde, die ich
fotografierte und während des Trainings filmte.
Eines der Pferde erwischte ich mit meiner Kamera
auch beim Toben auf der Wiese, wodurch die
Bewegungsfreude des Tieres richtig toll zur Geltung
kam.
Eine Reihe von Abenden saß ich mit Jill zusammen.
Sie zeigte mir ihre Fortschritte, und ich äußerte

meine Änderungswünsche. Nachdem wir den fachlichen Teil erledigt hatten, musste ich immer noch auf einen Tee bleiben. Sie erzählte mir dann von ihrer Arbeit bei Greenpeace, wo ich mittlerweile auch Mitglied war. Ich versuchte, so klug wie möglich mitzureden und sie zu bestätigen, während ich mich nach Hause sehnte und darüber nachdachte, dass Frank Julian sicher gerade wieder viel zu viele Kinderfilme sehen lassen würde. Wenn mein Sohn nicht Schaden nehmen sollte, dann musste ich Jills Arbeit so gut es ging vorantreiben.
„Was ist das für ein Tee?", wagte ich, mich irgendwann mal zu erkundigen. Der bittere Nachgeschmack blieb mir nach den Besuchen bei Jill immer noch stundenlang auf der Zunge haften.
„Das ist ein Zaubernusstee aus Guatemala. Er soll die inneren Energieflüsse positiv beeinflussen. Ich bestelle ihn immer im Internet bei einem Händler direkt in Guatemala. Wenn du möchtest, kann ich dir bei der nächsten Bestellung etwas mitbestellen."
„Oh ne, mach dir mal keine Umstände!"
„Das macht doch keine Umstände. Ich finde es sehr wichtig, dass die lokalen Händler vor Ort unterstützt werden und nicht immer nur die großen Industriegesellschaften, die die kleinen Bauern ausbeuten!"
Das Thema für die nächste halbe Stunde war gefunden.

Das Ergebnis von Jills Programmierarbeiten konnte sich jedenfalls sehen lassen. Sie hatte nicht nur eine Verkaufsbörse programmiert, sie hatte gleichzeitig eine dreidimensionale Pferdewelt erschaffen.

Die Ställe, in die bald die Verkaufspferde einziehen sollten, standen in einer malerischen Umgebung, im Hintergrund ein alter Baumbestand, in dem je nach Tageszeit die Sonne auf- oder unterging. Die Pferdeställe sahen modern und professionell aus. Nur über einem der Ställe ragte groß das Brandzeichen von Samys Pferden hervor. Ein Infopoint stand für den Besucher dieser Website bereit.
Dort gab man an, was für Pferde man suchte. Man konnte Rasse, Alter, Geschlecht, Eignung, Ausbildungsstand, Größe, Farbe und so weiter auswählen, sodass einem nur die Pferde angezeigt wurden, die diese Kriterien erfüllten.
Ich gab als Test Kriterien ein, die auf alle drei von Samys Pferden passten mussten.
„Wir haben drei Angebote für Sie gefunden. Sie befinden sich im Hougthen-Stabel. Sollen wir Sie hinführen?", teilte der Infopoint mit.
Ich klickte, das Bild bewegte sich. Zügig kam das Logo von Samy näher; ich betrat den virtuellen Stall. Jill hatte es geschafft, dass die Ställe eine wohlige und freundliche Atmosphäre ausstrahlten. An einer Pinnwand neben mir waren alle wichtigen Informationen über den Stall zu sehen. Die meisten Meldungen hatte ich von Samys magerer Homepage. Zusätzlich hatte ich Fotos von Samy und seiner Mannschaft gemacht, von den Weiden und der Halle. Außerdem gab es eine Kategorie „Termine", unter der ich über Veranstaltungen, Kurstermine und Turniere im Houghten-Stable informierte.
In einer weitläufigen Stallgasse erstrahlten drei Boxen heller als die übrigen. Ich klickte die Erste an;

sofort erschienen Pferdefotos, Daten und zwei Videos. Ein Video präsentierte das Pferd beim Training, das zweite zeigte es beim Toben auf der Weide.
Ein Pferd legt man natürlich nicht einfach in den Einkaufswagen und bekommt es per Post geschickt. Aber es gab einen Button, mit dessen Klick sofort ein Kontaktformular aufleuchtete, mit dem man entweder noch offene Fragen stellen oder einen Termin vereinbaren konnte. Diese Mail wurde an das Postfach von Samy geschickt, der dann darauf reagieren konnte.

Ich war begeistert und bewunderte Jill für Ihre Arbeit. Zwei der Pferde hatte ich selber eingepflegt; es war gar nicht so schwierig gewesen. Perfekt! Ich konnte jetzt nur noch hoffen, dass es Samy gefiel. Die drei Pferde hatte ich um 500 Euro höher angesetzt, als die Verkaufspreise, die mir Samy genannt hatte. Würde er die Pferde dafür verkaufen, hätte er immerhin 250 Euro pro Pferd mehr Erlös als gedacht, und bei einem Verkaufspreis von 10.000 bis 25.000 Euro pro Pferd machten 500 Euro den Kohl auch nicht mehr fett.

Samy bekam große Augen, als ich ihm seinen virtuellen Stall zeigte. Natürlich gab er es nicht zu, aber ich denke, er war geschmeichelt.
„Wer guckt denn da jetzt rein, wenn da drei Pferde drin stehen?"
„Es soll nicht bei drei Pferden bleiben. Ich schreibe alle großen Verkaufsställe an. Dann kommt die Werbung im Internet, auf Turnieren und in

Pferdezeitschriften. Meine Plattform wird sehr bald einen Namen in ganz Deutschland für qualitativ hochwertige Pferde haben."
„Aha."
„Kann ich von dir schon weitere Pferde einstellen?"
„Jedes für 250 Euro?"
„Klar!"
Er überlegte.
„Wir nehmen noch drei Pferde dazu, dann gucke ich erst mal, ob ich davon überhaupt eines verkaufe."
„Ok."

Ich schrieb alle großen Ställe an, die ich ausfindig machen konnte, schickte den Link mit Samys sechs Pferden zum Testen mit. Ab fünf Pferde konnte ein Reitstall ein virtuelles Stallgebäude mieten, in dem schick das eigene Logo über dem Eingang hing und weitere Informationen zum Stall, den Trainingsmethoden, Terminen und so weiter an das schwarze Brett im Stall angepinnt werden konnten. Natürlich fiel für so ein professionelles Aushängeschild eine monatliche Miete an. Verkäufer, die nur mal ein Pferd oder ab und zu ein Pferd zu verkaufen hatten, konnten im Gemeinschaftsstallgebäude ihre Pferde offerieren. Nachdem gleich drei Ställe, die über Deutschland verteilt lagen, Interesse anmeldeten, ging ich erst mal zu einem Steuerberater, der mir half, alles auf legale Beine zu stellen. Gegen eine großzügige Spende an Greenpeace trat mir Jill auf Wunsch des Steuerberaters die Rechte an meiner Verkaufsplattform, der ich den Namen „Hotte-Point" gab, ab.

Ich würde in die Ställe reisen müssen, um Fotos zu machen oder einen Fotografen vor Ort beauftragen, was natürlich mit weiteren Kosten verbunden wäre. Ein Springreitstall in München lag nur eine halbe Stunde von einer alten Freundin entfernt. Sie war Hobbyfotografin, besaß eine sehr gute Kamera und sagte sofort zu. Ich wusste, sie würde tolle Fotos machen; die Reisekosten nach München konnte ich mir sparen. Dieser Stall wollte gleich acht Verkaufspferde aufnehmen lassen. Sie hatte allerdings keine Ahnung von Pferden, also ließ ich mir die Stammbäume und Daten der Pferde von dem Verkaufsstall schicken und bemühte mich, alles in einem ansprechenden Text zu verpacken.

Die größten Kosten entstanden nun jedoch bei der Werbung. Sobald die acht Pferde aus München ihre virtuellen Boxen bezogen hatten und ich noch zwei andere Stallgebäude mit jeweils fünf Pferden gefüllt hatte, musste ich nun auch für den Verkauf sorgen. Ich schaltete Anzeigen in Pferdezeitschriften und machte Werbung im Internet. Visitenkarten und Prospekte schickte ich an Reitsportgeschäfte und bat um Auslegung dort. Neben meinem Job bei Samy und meinem Sohn Julian raubten mir diese Tätigkeiten die letzte Zeit. Ich saß oft bis spät in die Nacht an meinem Schreibtisch. Und tatsächlich wurde recht schnell eines der Pferde aus München und eines von Samys Pferden verkauft. Auch den Auszug der verkauften Pferde aus dem virtuellen Stallgebäude musste ich am Schreibtisch erledigen. Samy ließ mich gleich weitere Pferde aufnehmen.

Wenn dies sich weiter so gut entwickeln würde, war dies zu viel Arbeit für einen Nebenjob.

Kapitel 8: Satzball

Meine Mutter hatte Geburtstag; die Familie traf sich wieder zur heiteren Familienfeier. Julian hatte ein Diktiergerät für Kinder geschenkt bekommen. Er nahm jeden Gast auf, um es dann hundert Mal wieder abzuspielen.
„Tante Else, sag mal was!"
„Ja, was denn, mein Schatz?"
„Was anderes!"
„Was denn, mein Schatz?"
„Tante Else, das langweilig!"
„Opa, sag du mal was!"
„Als ich ein kleiner Junge war, wie du jetzt, da hatte ich nur Blödsinn im Kopf. Da habe ich meiner Mama ständig Streiche gespielt. Ich habe die Kaffeetasse an der Untertasse festgeklebt, ich habe Zucker und Salz vertauscht, ich habe …"
„DIETER! Erzähl dem Jungen nicht so einen Blödsinn!", fuhr meine Mutter dazwischen.

„Der erste Mensch auf dem Mond war nur eine Filmaufnahme in einem Filmstudio. Die Amis sind damals gar nicht auf dem Mond spazieren gegangen!", erklärte Onkel Theo und nahm einen Schluck Rotwein zu sich.
„Papperlapapp, man kann doch noch heute die Fußspuren sehen", widersprach Erik.
„Und woher weißt du, dass du ein Bild vom Mond siehst, wenn du einen Fußabdruck in grauem Dreck siehst? In deinem Flur könnte man dieselben Aufnahmen machen!"
„Also Theo, jetzt reicht es aber!", erboste sich Erik.

„Erzähl dem Jungen nicht so einen Blödsinn!", tönte es von Julians Tonband dazwischen.
Theo und Erik sahen kurz hoch und vertieften sich dann wieder ins Gespräch.
„Weißt du, was ich erst letzte Woche in einer Dokumentation im Fernseher gesehen habe?", fragte Theo nun etwas versöhnlicher.
„Ja, was denn, mein Schatz?", zwitscherte Tante Else jetzt wieder vom Tonband.
„Julian, geh doch mal mit dem Ding da wech!", scheute Erik kopfschüttelnd meinen Sohn fort, der sich auf das Sofa meiner Eltern setzte, von dem jetzt zu hören war: „Tante Else, sag mal was!"
„Ja, was denn, mein Schatz?"
„Was anderes!"
„Was denn, mein Schatz?"
„Tante Else, sag mal was!"
„Ja, was denn, mein Schatz?"
„Was anderes!"
„Was denn, mein Schatz?"
„JULIAN", riefen mehrere Stimmen gleichzeitig.

Ich setzte mich zu Elena.
„Ich habe gehört, du hast dich selbstständig gemacht?", bohrte sie sofort neugierig.
„Oh, das ist doch nur … so ´ne Internetgeschichte. Ich verkaufe Pferde …"
„Du verkaufst Pferde, die dir gar nicht gehören?"
„Eigentlich verkaufe ich sie nicht mal. Das machen die Eigentümer selbst. Ich stelle lediglich virtuelle Verkaufsställe und die Werbung zur Verfügung."
„Klingt irgendwie cool."
„Ja, es macht mir auch Spaß!"

„Ist das seriös?"
„Warum nicht? Ställe wurden schon vor zweitausend Jahren vermietet."
„Ja, aber nicht im Internet, und im Netz gibt es so viele Betrüger."
„Die gab es vor zweitausend Jahren ebenso."
„Ja, aber verdienst du denn auch Geld damit?"
„Klar, die Bezahlung mit Brot und Äpfeln habe ich abgelehnt."
„Aber du arbeitest doch auch noch in diesem Cowboystall oder?"
„Daran habe ich mich irgendwie gewöhnt. Aber es wird nichts für immer sein, das ist mir schon klar."
„Dann suchst du dir wieder einen Chemiekantenjob?"
„Nein, ich denke nicht. Vielleicht werde ich mal eine Zeitlang virtuelle Pferdeställe vermieten."
„Wie ist dein Turnier letztes Wochenende gelaufen?", wechselte Elena das Thema.
„Wir waren gut, aber die Konkurrenz war sehr groß. Leider wurden wir nicht platziert."
„Dann führe ich immer noch in unserer Schleifenliste!"
„Ja, aber ich habe in zwei Wochen noch ein Turnier! Das werde ich mitreiten."
Elena war sichtlich erschreckt.
„Das Turnier, das ich nächste Woche reiten wollte, ist um einen Monat verschoben worden wegen eines Schadens am Dach der Reithalle", erklärte Elena nun geknickt.
„Ja, aber unsere Wette ist schon in drei Wochen beendet, oder?"

„Wir könnten doch die Laufzeit der Wette etwas verlängern."
„So um eine Woche?"
„Ja, genau!", freute sich Elena.
„Sagen wir zwei Wochen, dann kann ich noch den Reining-Cup der Westernvereinigung mitreiten."
„Nein, das bringt mir ja nichts, …"
„… dann lassen wir den Termin, wie er ursprünglich war!"
„Ja", knurrte Elena.

„Wer gewinnt denn nun eure Wette?", wollte unsere Oma wissen.
„Also, wenn ich nicht falsch gerechnet habe", erklärte ich „hängt alles von meinem letzten Turnier in zwei Wochen ab. Falls ich einen ersten oder zweiten Platz mache, habe ich mehr Punkte als Elena, bei einem dritten bis fünften Platz habe ich genauso viele Punkte wie sie, und darunter hat Elena gewonnen."
„Aber das ist doch sehr gut für dich, oder? Sagtet ihr nicht, dass Elena ein so tolles Turnierpferd hat und dein Pferd nur ein Freizeitpferd ist?", wollte sie jetzt wissen.
Elena kämpfte sichtlich mit ihrem Gesichtsausdruck.
„Sie hat halt Glück gehabt", knirschte Elena.
„Glück kann sie vielleicht bei einem Turnier gehabt haben, aber wenn sie bei so vielen Turnieren mit dir einen Gleichstand hat, kann ihr Freizeitpferd ja gar nicht so viel schlechter sein, als dein Turnierpferd, oder? Hast du dich da beim Kauf betuppen lassen? Ich meine, ich verstehe natürlich nicht viel von Pferden …"

„Ja, Oma, aber noch hat sie keinen Gleichstand mit mir, und gewonnen hat sie schon gar nicht, dafür müsste sie in zwei Wochen einen der ersten Plätze belegen."

„Du siehst aber immer besser aus, Kindchen", bemerkte Onkel Erik.
„Sie ist viel zu dünn geworden. Nur noch Haut und Knochen", korrigierte Tante Lina ihn.
„Ich finde, es steht ihr", verteidigte sich Erik.
„Danke, ich reite ja momentan jeden Tag einige Stunden."
„Und was machst du sonst noch so? Hast du schon einen neuen Job gefunden?"
„Das Reiten ist momentan mein Job."
„Aber Reiten ist doch kein Job mehr bei uns, seit Kühe nicht mehr mit dem Lasso gefangen werden müssen."
„Außerdem habe ich eine Plattform im Internet, auf der Pferde verkauft werden. Das könnte ein großer Erfolg werden."
„Eine Plattform? Und wie viele Pferde hast du?", fragte Theo.
„Sie verkauft Pferde, die ihr gar nicht gehören!", half Elena nach.
„Ach, Kindchen, lass das lieber bleiben, das gibt nur Ärger!", riet mir Lina.
„Eigentlich verkaufe ich sie ja auch nicht, ich verkupple nur den Verkäufer mit dem Käufer."
„Das klingt aber nicht seriös!", entschied Lina mit einem gequälten Gesichtsausdruck.
„Wo ist der Stall?", wollte Theo wissen.
„Im Internet."

„Wie?"
„Na ganz einfach!", half Elena „Sie verkauft Pferde, die ihr gar nicht gehören, in einem Stall, den es gar nicht gibt und kassiert dafür Geld – muss man das Geld denn überhaupt versteuern?"
Blöde Kuh!
„Ach Kindchen, das wird böse enden!", jammerte Lina.
Ich sah Frank hilfesuchend an. Mein Blick rief: *Hilf mir, wechsele irgendwie das Thema!* Und natürlich verstand Frank mich.
„Sie ist jetzt Mitglied bei Greenpeace", erklärte Frank völlig überflüssigerweise.
Idiot!
„Echt? Greenpeace? Das hätte ich ja gar nicht von dir gedacht", wunderte sich Elena.
„Warum? Der Schutz der Regenwälder beispielsweise geht uns schließlich alle etwas an!" Jill wäre sicher stolz auf mich gewesen, wenn sie mich jetzt gehört hätte.
„Ja, genau richtig!", pflichtete Tante Lina mir bei „was ist das noch mal für Holz auf unserer Terrasse, Theo?"
„Tropenholz, das ist wirklich eine super Sache."
„Ja, besonders für die Tropen …", rutschte mir raus.

Der Abend endete feucht fröhlich. Julian schlief irgendwann auf dem Sofa in der Ecke ein. Wir trugen ihn vorsichtig zum Auto und fuhren heim. Der nächste Tag fing viel zu früh an. Julian war putzmunter und erwartete dies auch von seinen Eltern.

„Mama komm! Aufstehen!", rief er mir mit rückhallender Stimme ins Ohr, während er an mir zerrte. Mein Kopf tat weh, das Echo war schmerzhaft.
„Geh doch mal zu Papa!", bat ich inständig.
„Nein, Papa schläft noch!"
Und ich mache gerade Handstand oder was?
Ich rollte mich aus dem Bett und ließ mich von ihm in sein Zimmer zerren.
„Spielst du mit mir?"
„Ja, klar – gerne! Lass mich nur noch mal ins Bett, zwei bis drei Stunden schlafen, duschen, Kaffee trinken, dann mache ich alles, was du willst!"
„Mama, biiitteeee!", er schaute mich mit diesem Blick an, bei dem keine Mutter hart bleiben kann.
„Schatz, wieso bist du eigentlich schon so munter?"
„Weiß nicht – mit den Pferden spielen?"
„Die Pferde sehen echt müde aus."
„Oh, ich habe eine Idee. Ich spiele dir was vor."
„Das ist eine super Idee! Ich setze mich hier mal auf dein Bett."
Julian holte sein Diktiergerät heraus, ich setzte mich auf sein Kinderbett, ließ mich zur Seite fallen, und schon hallten Stimmen des Vorabends in meinem Kopf.
„Tante Else, sag mal was!"
„Ja was denn, mein Schatz?"
„Was anderes!"
„Was denn, mein Schatz?"
„Tante Else, das langweilig!"
„Opa, sag du mal was!"
„Als ich ein kleiner Junge war, wie du jetzt, da hatte ich nur Blödsinn im Kopf. Da habe ich meiner

Mama ständig Streiche gespielt. Ich habe die Kaffeetasse an der Untertasse festgeklebt, ich habe Zucker und Salz vertauscht, ich habe ..."
„DIETER! Erzähl dem Jungen nicht so einen Blödsinn!"
Ich ergab mich meinem Schicksal, nahm mir jedoch vor, mit meinem Vater ein ernstes Wort über Streiche zu reden. Jungs im Alter von Julian hatten da schon genug Überraschungen auf Lager.
Da hörte ich Elenas Stimme: „Sag mal, hättest du gedacht, dass meine Schwester das mit den Turnieren so durchzieht?"
„Ich kann das aber auch ausmachen, Mama!", entschied Julian plötzlich und schaltete ab.
„NEIN! Mach wieder an!"
Julian schaltete erfreut wieder ein.
Das war Franks Stimme. „Natürlich habe ich mir das gedacht! Wenn Sandy etwas anfängt, zieht sie es auch durch. Das solltest du doch wissen. Du kennst sie ja viel länger als ich."
Ich liebe diesen Mann!
„Aber warum ist ihr das so wichtig, diese Wette zu gewinnen?", hörte ich meine Schwester fragen.
Was bezweckte meine Schwester mit diesen Fragen?"
Ich nahm Julian das Gerät aus der Hand.
„Hey Mama!"
„Darf Mama mal haben?", fragte ich bittend.
„Okay, muss Pferde füttern."
Während Julian mit seinem Pferdestall spielte und mein Mann tief und fest schlief, hörte ich mir dieses äußerst interessante Gespräch an.

Das Turnier in zwei Wochen wurde zu einem Familienereignis. Auf dem Geburtstag meiner Mutter hatte es sich herumgesprochen, dass es bei diesem Turnier um den Sieg ging.
„Also quasi Matchball?", versuchte Theo, zu veranschaulichen.
Aus irgendeinem Grund hatte Frank sogar seine Eltern angeschleppt. Als ich Flintstone auf dem Abreiteplatz warmritt, kamen sie anstolziert; ich wäre fast vom Pferd gefallen. Ich überlegte, ob ich ihnen jemals erklärt hatte, dass ich Westernreiterin bin. Frank hatte es offensichtlich nicht getan. Meine Schwiegermutter trug einen Hut, der auf jeder Rennbahn ein Schmuckstück gewesen wäre. Hier unter den Westernhüten und Kappen eher ... sagen wir mal, over-dressed erschien. Das Kostümchen passte natürlich perfekt zum Hut. Ich war heilfroh, dass ich jetzt Flintstone warmreiten und ihnen nicht Gesellschaft leisten musste. Frank war dies offensichtlich nicht peinlich. Er grinste zu mir herüber.
Ein Pferd wurde an meinen Schwiegereltern vorbeigeführt und blähte kurz die Nüstern auf, als es den Hut bemerkte. Meine Schwiegermutter trat einen ängstlichen Schritt zurück und traf beherzt mit ihrem Designerpumps einen Pferdehaufen. Ich wendete Flintstone zum Bahnwechsel. Ich wollte nicht, dass sie sahen, dass ich mein Grinsen nicht unterdrücken konnte.
Meine Eltern waren auch da; mein Vater hatte versucht, sich korrekt zu kleiden, zumindest für einen alten Westernklassiker. Er trug einen Westernhut, den er, glaube ich, schon mal Karneval

aufgehabt hatte. Dazu ein kariertes Hemd und ein rotes Dreieckstuch um den Hals und abgewetzte Jeans, in denen ich meinen Vater noch nie gesehen hatte. Ihm fehlte eigentlich nur noch ein Colt, und er hätte in „Bonanza" mitspielen können.
Elena war auch da; ihr schien hier einfach alles peinlich zu sein. Unseren Vater in seiner Cowboykluft versuchte sie, unschuldig zu übersehen; als sie meine Schwiegereltern sah, blieb ihr einen Moment lang der Mund offen stehen, bevor sie erneut die Richtung änderte. So hoch oben vom Pferd aus auf dem Abreiteplatz hatte man die beste Aussicht auf das Geschehen um einen drumherum. Julian hatte sich stolz Flintstones Halfter über die Schulter gehangen, was zum Klauen süß aussah. Er bestand schon die letzten Turniere darauf, mit Flintstones Halfter rumzulaufen. Es gab ihm wohl irgendwie das Gefühl, zur Turnier-Crew zu gehören, und so konnte er es auch den anderen Leuten zeigen.

Das Turnier begann. Ich lugte durch das Hallentor Richtung Zuschauertribüne und konnte erkennen, dass meine Eltern und Schwiegereltern zusammengefunden hatten. Mein Vater erklärte meinem Schwiegervater irgendwas. Meine Mutter versuchte, ein Lachen zu unterdrücken, was ihr nicht ganz gelang. Schwiegermama wirkte einfach nur unglücklich. Frank stupste sie an, als der erste Reiter in die Halle ritt. Elena saß neben Frank und blickte starr nach vorne. Es war offensichtlich nicht ihre Welt. Statt konzentrierter Stille und weißen Sattelschabracken gab es hier Countrymusik, Grillwürstchen und Bier.

Als ich dran war, spürte ich bei Flintstone wieder diese Spannung in den Muskeln, wie schon bei den letzten Turnieren. Er war motiviert und so fit, wie noch nie. Er konnte es kaum erwarten, dies zu zeigen. Aber ich hatte andere Pläne für dieses Turnier, nur wusste Flintstone noch nichts davon. Wir ritten in die Mitte der Halle; ich grüßte die Richter. Auf mein Kommando galoppierte Flintstone auf den rechten Zirkel. Der große Zirkel muss deutlich schneller geritten werden, als der kleinere, aber ich hielt Flintstone etwas zurück, was ihn irritierte. Wir bogen in den kleineren Zirkel und anschließend sollte im Mittelpunkt dann zum Wechsel auf den linken Zirkel ein fliegender Galoppwechsel geritten werden. Ich gab ein falsches Kommando, was Flintstone so irritierte, dass er einen Viertelzirkel im falschen Galopp weiterlief, bevor ich noch mal deutlich das Kommando zum Wechsel gab und er sofort umsprang. Bei den Spinns ließ ich ihn spinnen, so gut er konnte, denn ich wollte meiner Familie schließlich auch zeigen, was wir konnten. Den ersten Sliding Stop verritt ich dann wieder. Ich ließ Flintstone im Rundown nicht so richtig auf Tempo kommen, was einen unschönen Stop zur Folge hatte. Den letzten Sliding Stop meisterten wir wieder perfekt. Meine Familie schaute schließlich zu.

Als ich die Halle verließ, standen Frank, Elena und Julian mit Halfter schon bereit.

Franks mittlerweile geschultes Auge erkannte die Schwächen meines Rittes sofort: „Was war los mit euch?"
„Ich weiß auch nicht. Flintstone war heute irgendwie unkonzentriert."
Es war gemein, die Schuld auf Flintstone zu schieben, das wusste ich, aber er würde später eine extra große Futterportion bekommen.

Aufgrund der Fehler, die wir geritten waren, wurden Flintstone und ich nicht platziert.
„Och, schade Kind. Ich fand es richtig gut", sagte allerdings mein mittlerweile auch eingetroffener Vater und tätschelte Flintstone den Kopf.
„Hauptsache, es hat Spaß gemacht!", meinte meine Mutter.
Der Spaß kommt erst noch!

„Ja, Schwesterchen, keine Platzierung, das bedeutet, ich habe unsere Wette gewonnen", verkündete Elena laut und stolz vor der ganzen Familie.
„Ja, das hast du. Herzlichen Glückwunsch!"
„Aber es war wirklich knapp!", bemerkte Frank.
„Daran sieht man, dass Flintstone eben doch nur ein Freizeitpferd ist. Du hast viel Glück gehabt, aber wenn es drauf ankommt, verliert er die Nerven."
Moment mal! Sagte mir gerade die Besitzerin eines völlig durchgeknallten Zappelpferdes, was nicht mal bei der Siegerehrung still stehen konnte, mein Pferd hätte keine Nerven?
Flintstone wusste, dass er jetzt Feierabend hatte und stand mit tief hängendem Kopf im Halbschlaf und total relaxtem Augenausdruck hinter mir.

Julian hielt stolz seinen Strick fest.
„Ja, wahrscheinlich hat mein Pferd wirklich einfach die Nerven verloren", erwiderte ich mit Blick auf die erstarrte Salzsäule in Pferdeform an Julians Strick.
Frank und meine Eltern grinsten.
„Gut, ich werde dann mal fahren", sagte Elena und wollte sich gerade zum Gehen wenden.
„Oh, fast hätte ich es vergessen! Warte kurz!", rief ich schnell.
Erstaunt blieb sie stehen, alle sahen mich an. Ich kramte aus meiner Jacke, die mir Frank umgehangen hatte, nun einige Zettel raus.
„Hier ist die Rechnung für das Familienwochenende im Center Parks. Du müsstest dann in den nächsten Tagen bezahlen, nicht dass unsere Reservierung nachher aufgehoben wird …"
„Wie bitte?", fragte sie nun geschockt, und immer noch starrten mich alle gebannt an.
„Ach so, das hast du sicher vergessen. Moment!" Wieder kramte ich in der Jacke und zog Julians Diktiergerät raus.
„Tante Else, sag mal was!"
„Ja was denn, mein Schatz?"
„Was anderes!"

„Oh wartet, ich muss etwas vorspulen!"
Nun war Elenas Stimme zu hören.
„Sag mal, hättest du gedacht, dass meine Schwester das mit den Turnieren so durchzieht?"
Meine Schwester wurde etwas blass.
„Natürlich habe ich mir das gedacht! Wenn Sandy etwas anfängt, zieht sie es auch durch – das solltest

du wissen. Du kennst sie doch viel länger als ich."
Franks Stimme.
„Aber warum ist ihr das so wichtig, diese Wette zu gewinnen?"
„Weiß nicht, warum ist es dir wichtig?"
„Ich habe einen Ruf zu verlieren."
„Einen Ruf?", selbst auf dem Tonband hörte man, dass Frank etwas belustigt war.
„Sandy hat eine Familie. Um die sollte sie sich kümmern."
„Das macht sie doch. Julian und ich haben Spaß mit ihr; ich will mir jetzt auch ein Pferd kaufen. Julian wird vielleicht später auch eines bekommen."
„Aber sie ist doch auch Mutter!"
„Wie meinst du das?"
„Ihr solltet mal wieder Zeit für euch haben – wie wäre es mit Urlaub? Ein verlängertes Wochenende oder eine Woche irgendwo hin. Nur ihr drei!"
„Warum?"
„Ich muss diese Wette gewinnen – wie sieht das denn aus, wenn ich mit meinem teuren Turnierpferd gegen so ein Westernpony verliere, das bis vor Kurzem nur im Gelände rumgeschaukelt ist? Es glaubt mir doch niemand, dass man Westernreiten und klassische Dressur einfach nicht vergleichen kann. Ich weiß gar nicht, wie sie so ein Glück haben konnte. Aber der Trainer hat bestimmt nachgeholfen. So einen Profitrainer habe ich ja nicht. Wie wäre es, wenn du Sandy mal wieder auf andere Gedanken bringst, damit sie ihre Familie wichtiger nimmt, als diese Wette?"
„Was hätte ich davon? Willst du uns den Urlaub bezahlen oder was?"

„Also ein Sieg mit meinem Pferd wäre mir durchaus etwas wert – ein Wochenende sicher. Fahrt doch mal in so ein Spaßbad mit meinem Neffen. Das würde ihm sicher auch gefallen."
„Moment! Du sagst gerade, wenn Sandy die Wette verliert, würdest du uns einen Kurzurlaub bezahlen?"
„Ja, warum nicht? Die Wette hat sich im Bekannten- und Freundeskreis herumgesprochen. Wenn mein Morgenstern jetzt gegen ein Westernpony verliert…"
„Du bist krank!", beendete Frank das Gespräch, doch Elena gab noch mal zu bedenken: „Überleg es dir – das Angebot steht."

Elenas Mund stand offen.
Meine Eltern starrten Elena abschätzend an.
Frank grinste; niemand sagte etwas.
„Die Kontonummer und der Betrag stehen da unten auf der Reservierungsbestätigung", brach ich das Schweigen und deutete auf die Papiere, die ich Elena hinhielt.
„Du hast die Wette verloren. Jetzt soll ich dir dieses Wochenende bezahlen?", knurrte Elena erbost.
„Ja, das wirst du!", antwortete meine Mutter an meiner Stelle sehr dominant.
„MAMA!", stieß Elena aus.
„Ja, mein Kind! Schäm dich! Wenn man wettet, sollte man auch verlieren können und nicht zu solchen niederträchtigen Erpressungen greifen müssen. Es geschieht dir ganz recht, dass deine Schwester dir jetzt eine Lektion erteilt."

Es gibt Wetten, die hat man gewonnen, auch wenn man nicht gewonnen hat. Ich war stolz auf Flintstone, auf meine Familie und auch auf mich. Ich hätte es nicht für möglich gehalten, dass ich diese Wette gewinnen könnte. Ich hätte sie gewinnen können und musste es genau aus diesem Grund gar nicht mehr. Ich fand, dass mein Mann und mein Sohn, die mir die letzten Monate so tapfer zur Seite gestanden haben, nun ein richtig schönes Wochenende verdient hätten. Dass meine Schwester es bezahlen musste, war wie das Sahnehäubchen auf einem leckeren Eis.

Kapitel 9: Zwei Jahre später

„Mamaaaaa, Flintstone hat einen Sabberfleck da oben an der Schulter. Wegmachen!", befahl Julian. Ich nahm ihm die Bürste aus der Hand und wischte den Fleck fort.
„Papa, Hut vergessen!", rief er in die entgegengesetzte Richtung.
„Oh, danke mein Schatz!" Frank setzte sich einen schwarzen Westernhut auf und führte sein schwarzweißes Paint Horse aus dem Stallgebäude.
„Mannomannomann …!", grummelte mein kleiner Sohn vor sich her, während er sich lässig ein Halfter über die Schultern schmiss und hinter uns das Gebäude verließ.
Eine andere Teilnehmerin fragte Julian lächelnd: „Und wann reitest du hier mit?"
„Wenn Mama und Papa nicht mehr so viel Hilfe brauchen!", antwortete Julian mit schelmischer Miene.
„Hey, das habe ich gehört!", schimpfte ich im Wegreiten.

Kurz nach unserem Wochenende, das Elena zähneknirschend bezahlt hatte, fand ich über mein Verkaufsportal selber ein Pferd für Frank, in das er sich sofort verguckte. Frank lernte mithilfe von Samys Unterricht sehr schnell reiten; natürlich reichte ihm ein gelegentlicher Ausritt im Wald nicht aus. Wir versuchten, unseren Turniersport und unser Familienleben unter einen Hut zu bekommen, indem wir einfach alle zusammen zu den Turnieren fuhren. Julian hatte auch schon ein paar Schleifen in

Führzügelklassen gewonnen, aber eigentlich war er eher unser Support bei solchen Veranstaltungen; mit seinen mittlerweile sechs Jahren erwies er sich als zuverlässiger Turnierbegleiter und -helfer.
„Papa, gaaaanz ruhig durchatmen und viel Glück!"
„Mama, lass Flintstone nur machen!"
Es gibt Momente, die sind einfach nur perfekt!

Hotte-Point erwies sich als Marktlücke. Viele Züchter hatten mittlerweile bei mir Rahmenverträge abgeschlossen. Der größte Zuchtstall unter meinen Kunden verkaufte jedes Frühjahr bis zu vierzig Fohlen über mein Portal in die ganze Welt. Die Fotos ließ ich zum Teil von örtlich ansässigen Fotografen machen. Ich hatte in den Ställen mit Rahmenverträgen oft bezahlte Informanten, die mir die Details über die Verkaufspferde schickten. Viele Kunden betreute ich jedoch selber und war somit immer mal wieder unterwegs. Die Idee war jedoch zum Selbstläufer geworden. Viel Werbung war nicht mehr nötig. Jeder Trainer und Züchter, der etwas auf sich hielt, stellte sich, seine Pferde, seine Zucht- und Turnier-Erfolge sowie seine Philosophien auf *Hotte-Point* vor. In Internet-Reiterforen und Reitgruppen bei Facebook wurden Pferde verlinkt und es wurde über Informationen aus *Hotte-Point* diskutiert.
Jill erweiterte *Hotte-Point* um ein Diskussionsforum für verschiedene Fachthemen rund um Pferde und Turniersport, welches rege genutzt wurde. Ich war seitdem Mitglied in zwei weiteren Tierschutzorganisationen. Ganz neu war nun auch die Möglichkeit, in Hotte-Point zu chatten, was auch für Verkaufsgespräche genutzt werden konnte und

wofür ich unseren Stromlieferanten auf Green-Energie umstellen musste. Ich hatte noch die eine oder andere Idee für *Hotte-Point*, befürchtete aber, dass Jill beim nächsten Mal von mir noch mehr Aktivität verlangte und mich bei irgendeinem Atomtransport an die Gleisen kettet.

Meinen Job bei Samy hatte ich aus Zeitgründen bald gekündigt. Da aber auch er einen Rahmenvertrag bei mir hatte, blieben wir in ständigem Kontakt. Eine Rückkehr in einen Laborantenjob konnte ich mir nicht mehr vorstellen!

Elenas aufgehender Morgenstern erwies sich ebenfalls als sehr talentiertes Turnierpferd. Man hörte immer mal wieder selbst bei überregionalen Turnieren von ihm. Allerdings befand er sich nicht mehr in Elenas Besitz. Sie hatte ihn verkauft, nachdem sie erfahren hatte, dass sie schwanger war. Vor vier Monaten bekam sie Zwillinge. Mit Jonas und Jerome hatte sie nun alle Hände voll zu tun. Der Vater der Zwillinge setzte sich nur eine Woche nach der Geburt auf eine längere Reise nach Indien ab. Ihm wurde während der Geburt seiner Söhne bewusst, dass er noch nicht reif für die Verantwortung eines zweifachen Vaters war und sich erst mal selber finden musste.
Ich wünschte Elena, dass dieser Knallkopf nie zurückfindet. Jonas und Jerome galten natürlich rasch als Mittelpunkt unserer großen Familie. Ansonsten nahm alles wie immer seinen gewohnten Gang. Die Bertanis feierten, stritten sich und

vertrugen sich wieder. Es wurde über Gott und die Welt diskutiert; es wurde gegessen und gelacht.

„Mein Morgenstern hat am letzten Wochenende die Dressurmeisterschaften gewonnen, hast du das gesehen?", fragte Elena mich mit einer Mischung aus Traurigkeit und Stolz in der Stimme.
Ich nahm ihr Jerome ab, drückte ihn sanft an mich.
„Nein, aber wenn du groß genug bist, bekommst du von deiner Tante ein Westernpony, dann gehen wir zusammen auf´s Turnier!" flüsterte ich Jerome zu.
„Gott bewahre!"
„Seine Tante macht das mit dem Westernreiten doch gar nicht schlecht, oder?", foppte ich blinzelnd meine Schwester.
„Du hast einfach Glück gehabt!"
„Wie meinst du das?"
„Wer hat dein Pferd so weit gebracht?"
„So, was glaubst du denn?"
„Na, dein Trainer! Du hast täglich dort mit ihm trainiert, und er hat doch auch deinen Flintstone trainiert. Sonst hättest du damals bei unserer Wette nicht so gut dagestanden!"
„So ein Blödsinn! Ich habe selber so viel, wie es ging, mit Flintstone trainiert, oftmals hatte ich aber für Flintstone gar keine Zeit mehr, nachdem ich die anderen Pferde geritten habe. Du hattest doch auch eine Trainerin! Ich habe also nur so gut abgeschnitten, weil ich den besseren Trainer hatte oder wie meinst du das?"
„Ich denke, das spielte eine entscheidende Rolle! Wenn du dein Pferd selber hättest einreiten und trainieren müssen, wäre es anders gelaufen."

„Und du meinst, das hättest DU besser gekonnt, ein Pferd ohne Trainer so weit zu bringen?"
„Ja, ich denke schon!", sagte meine Schwester aus tiefer Überzeugung.
„Dann lass uns doch wetten!"
„Gerne!"
Plötzlich waren alle um uns herum still und guckten uns an.
Frank wirkte beunruhigt, gab irgendein Zeichen, dass mich wohl beruhigen sollte, aber ich beachtete ihn nicht.
„Jeder von uns kauft sich ein untrainiertes Jungpferd und erzieht es in den nächsten Jahren zu einem Turnierpferd. Wer in drei Jahren mit seinem Greenhorn erfolgreicher ist, hat gewonnen!"
„Abgemacht!"

Wir reichten uns die Hände. Einen Wetteinsatz gab es nicht. Es gibt Wetten, die brauchen keinen Einsatz. Die muss man deshalb gewinnen, damit man noch in den Spiegel sehen kann. Dies war für uns beide so eine Wette.

Nachwort der Autorin:

Die Personen (und Pferde) in diesem Buch sind frei erfunden und die Wette hat es nie gegeben. Allerdings inspirierten reale Erlebnisse und einige Persönlichkeiten (und Pferde) in meinem direkten Umfeld natürlich meine Phantasie. Sollten einige Personen glauben, sich in diesem Buch wiederzufinden, so hoffe ich, dass sie darüber lächeln können. Alles worüber sie eventuell nicht schmunzeln können, ist natürlich nicht nur frei erfunden, sondern auch noch komplett übertrieben.